公主傳奇 之 ② 我不是公主

馬翠蘿 著

靛 圖

新雅文化事業有限公司

www.sunya.com.hk

公主傳奇

我不是公主

作　　　者：馬翠蘿

繪　　　畫：靛

責任編輯：丁輝

設　　　計：麥曉帆

出　　　版：新雅文化事業有限公司

　　　　　　香港英皇道499號北角工業大廈18樓

　　　　　　電話：(852) 2138 7998

　　　　　　傳真：(852) 2597 4003

　　　　　　網址：http://www.sunya.com.hk

　　　　　　電郵：marketing@sunya.com.hk

發　　　行：香港聯合書刊物流有限公司

　　　　　　香港新界大埔汀麗路 36 號中華商務印刷大廈 3 字樓

　　　　　　電話：(852) 2150 2100　　傳真：(852) 2407 3062

　　　　　　電郵：info@suplogistics.com.hk

印　　　刷：中華商務彩色印刷有限公司

　　　　　　香港新界大埔汀麗路 36 號

版　　　次：二〇〇七年十月初版

　　　　　　二〇一八年一月第九次印刷

ISBN: 978-962-08-4661-8

目錄

第1章　公主駕到

馬小嵐終於明白什麼叫做「君臨天下」了。

從飛機舷梯上下來，小嵐踏着紅地毯，從一眾誠惶誠恐鞠躬行禮的大臣面前走過，然後在外交大臣賓羅先生的陪同下，登上了一部藍色保時捷。接着，由數十輛摩托車開路，一長列由各種名車組成的車隊殿後，他們駛上了一條兩旁種滿鮮花的寬闊車道。

這真是一個美麗的國家，天是湛藍的，海是湛藍的，兩旁許多兩三層高的小別墅，在翠綠的樹木掩映下，顯得分外雅致亮麗。

一陣沸騰的人聲越來越近，小嵐正在驚訝聲音來源，頭頂上的車篷徐徐打開，身旁的賓羅先生說：「請公主向歡迎的市民致意。」

小嵐興奮地站起來。隨着車子駛近，啊，看到了，不遠處，馬路兩旁，全是手持鮮花的人羣，人們叫着喊着，震天動地的吶喊聲匯成一片。他們高喊着：「歡迎公主！」「公主萬歲！」

經歷了不久前發生的那宗王室血案，在悲哀和恐慌中過了一段日子的烏莎努爾人民，對從他鄉回歸的小公

主除了表現出極大的好奇和熱切期待外，還夾雜着一種珍愛的情感，憐惜這位僅存的王室遺孤。人們幾乎傾城而出，早早就守候在公主必經的中央大道上。

小嵐心中那股感動在不斷膨脹着，她眼睛濕潤了，她拚命揮動雙手，激動地朝兩旁夾道歡迎的人羣揮手致意。市民見到公主向他們揮手，更加興奮，歡呼聲更加震耳欲聾。

車隊在人羣中緩緩駛過，千萬張笑臉流露出真誠和希望。

小嵐的眼光落在一個小女孩身上，她天真地笑着，手上高舉一塊紙板，上面用幼稚的字跡寫着四個字——公主您好！

「停車！」小嵐跟司機説，車子停下了。

「謝謝你，小朋友！」小嵐指着紙板上的字問，「這字是你寫的嗎？」

「是呀，這是我剛學會的字，是爸爸媽媽教我寫的。」小女孩天真地歪着頭，回答説。

「你叫什麼名字？」小嵐伸出手，摸摸小女孩的頭。

「我叫娜娜！」小女孩又補充了一句，「公主姐姐，歡迎您回來！」

「謝謝！」小嵐很感動，她想了想，脫下手上的一隻鐲子，拉起小女孩的手，輕輕地替她戴上，又溫柔地親了親小女孩紅撲撲的小臉蛋。

小嵐這樣做本來只是出於對小女孩的喜愛，沒想到卻會帶來了巨大的親民效果，人羣馬上爆發出一陣雷鳴般的掌聲，連車隊裏的大臣們也忍不住鼓起掌來。

「公主您好！」「公主萬歲！」的歡呼聲此起彼伏。

「大家好！」小嵐繼續向四面八方的市民揮手致意。

車子繼續開動了，十里長街，全是人的海，花的海，那情景非常壯觀。車子一直走了一個多小時，才拐入了至尊大道，直向王宮方向駛去。

身後，還傳來市民的喊聲，小嵐轉過身，朝市民們揮手，直到他們消失在視線裏，才坐了下來。

賓羅先生用欣喜的眼神看着小嵐，心想，這個女孩子真不錯，顯然她已經贏得了烏莎努爾人民的愛戴了！

小嵐沒有想那麼長遠，她只是被純樸的烏莎努爾人民的熱情所感動。自從數天前，自己回復身分，由一名普通的香港中學生，變成了尊貴的烏莎努爾公主，她一直都在忐忑不安中過日子，不知道自己將要處身的那個

環境是怎樣的。直到現在，她見到自己熱情純樸的國民，見到這個美麗富饒的國家，才把一直懸着的心放了下來。

她想，國王這份工，應該不會太難做吧！頂多沒有做作家有趣罷了！

正想着，車隊已經駛進了一條有士兵把守的路，不遠處，已可以隱約見到那座美麗堂皇的王宮了。

小嵐下了車，一眾大臣留在宮外，小嵐就在賓羅先生的帶領下步入王宮。也許，用「人間仙境」也不足以形容這座王宮的美，設計獨特的建築，美麗豪華的裝飾，彷彿一個「金雕玉砌」的世界！早就聽説烏莎努爾是「國中富豪」，但沒想到會奢華到這個地步！

王宮共分 A、B、C、D 四個區，公主的府第坐落在 C 區，它有個好聽的名字，叫嫣明苑。走進嫣明苑，漂亮的房間一間接一間，要不是有人帶路，小嵐准會迷路。

賓羅先生一路給小嵐介紹，這是休憩室，這是閱覽室，這是書房，這是第一會客室，這是第二會客室……

小嵐一時間也記不住，一來因為房間太多了，二來也因為每隔十來步就站有侍女和衛士，他們都朝小嵐鞠躬，小嵐只顧得回應，就顧不上聽賓羅先生介紹了。

9

我不是公主

一會兒，賓羅先生把她帶進了一間足有幾千平方呎的臥室，這就是給公主準備的臥室了。

這是整個宮殿最大最豪華的房間，而且大房間裏面還有小房間。可惜小嵐這時已經累壞了，她只想一個人好好地坐一下，靜一靜，根本沒顧上去欣賞房間裏的豪華布置。

賓羅先生見到小嵐一臉疲態，忙說：「公主先休息吧，老臣告退了，明天上午召開國會會議，請您去旁聽，到時我會來接您。現在給您介紹一下您的私人秘書兼管家，今後由她負責您的飲食起居，還有日常活動安排。」賓羅先生招招手，一名二十來歲大方俏麗的女子走了過來，小嵐一看，原來是曾經在香港給她當過形象設計的瑪亞。

小嵐很高興，大叫道：「瑪亞，是你呀！」

瑪亞行了個禮，笑着說：「小嵐公主，我們又見面了！」

賓羅先生見她們挺投契的樣子，放心地退出去了。

小嵐等賓羅先生一離開，馬上四面八叉地往沙發上一躺，大聲嚷嚷道：「累死了累死了！」

瑪亞捧來一套乾淨衣服，對小嵐說：「公主，請去浴室泡個熱水澡吧！」

小嵐跳了起來，笑道：「還是瑪亞知我心，好，洗澡去！」

小嵐走進了豪華的浴室，又反身關上了門。顯然瑪亞已準備好了一切，室內有一股淡淡的清香，那個六呎乘六呎的圓形浴池，冒着溫暖的蒸氣。浴室內布置得十分素雅，給人一種寧靜的感覺。

小嵐脫了衣服，迫不及待地跳下浴池，一股無比舒暢的感覺馬上包圍了全身，每一個毛孔都滲透着舒服。小嵐讓自己全身放鬆，她閉上眼睛，靜靜地想着心事。

這段時間發生的事實在太多了。烏莎努爾王室發生滅門慘案，揭發了伍拉特國王原來是假冒的，真正的伍拉特在嬰兒時已被人調包，下落不明。自己受賓羅先生委託尋找流落他鄉的王子及其後人，眾裏尋他，到頭來因為曉星一個小把戲，卻發現自己竟是這霍雷爾王族惟一的繼承人。身分暴露之後，在香港一連經歷兩次險情，回國途中，一向以性能良好著稱的波音747又出現毛病，自己差點小命不保……

反正，在傳奇故事裏才會出現的事，都讓自己碰上了。

她腦海中又浮現了剛才那個歡迎場面，浮現了歡迎人羣中那個小女孩的模樣，她不禁笑了起來。為了自己

11

熱情忠誠的國民，自己也得開始考慮該如何做好國王這
份工了。

　　腦子裏開始有點迷糊，她打起瞌睡來，夢裏，那輛
波音747墜入大海，她被水淹沒了⋯⋯

　　小嵐猛地驚醒過來，發現自己仍泡在水裏。

第 2 章　皇家法典

　　早上，小嵐被一陣吱吱喳喳的鳥叫聲吵醒，她睜開眼睛，見到早晨的陽光已透過落地窗的兩重窗紗，在大理石地板上灑下了一片亮麗。小嵐拿起一個遙控器，輕輕一按，那兩層窗紗緩緩退向兩邊，透過落地坡璃，現出一幅美麗的園景。那湖，那花，那樹，全在明媚的陽光下展現着她最美的一面。

　　小嵐的目光在這美景上久久地停留着，捨不得離開。

　　牀頭櫃上的電話響起了一段美妙的音樂，小嵐伸手按了一下上面一個按鈕，馬上傳出了瑪亞的聲音：「公主殿下，早上好！」

　　小嵐懶洋洋地回答道：「早上好！」

　　瑪亞說：「公主，您八點五十分要參加國會會議，請您趕快起牀。」

　　小嵐歎了口氣，還以為做了公主可以享享清福，早上賴賴牀什麼的，誰知道……

　　起來就起來唄！小嵐一個鯉魚打挺，從牀上跳起來，門外的瑪亞好像有透視眼一樣，知道小嵐起來了，

13

推門走了進來。

在瑪亞和兩名侍女的侍候下，小嵐很快就打扮得漂漂亮亮的，準備起行了。

賓羅先生來接小嵐，兩人一起登上轎車，直朝國會大廈而去。其實國會大廈離王宮很近，也只有四五分鐘車程，小嵐還沒來得及好好觀賞一下市容，車子就停在了國會大廈前面。

大廈門口有兩排士兵在站崗，一見到小嵐下車，他們馬上立正敬禮，小嵐也調皮地向他們還了個禮，然後走進了國會大廈。

如果說王宮是豪華美麗，這國會大廈則是古樸莊嚴，令人有一種肅然起敬的感覺。

穿過一條長長的走廊，前面就是有士兵把守的會議廳，賓羅先生朝門口一位穿西裝的人打了個手勢，那人馬上推開大門，喊道：「小嵐公主駕到！」

小嵐走了進去，只見迎面是一張巨大的成倒「U」字形的會議桌，幾十個老中青年紀不同的人圍繞會議桌坐着，見到小嵐進來，他們全部起立，向她鞠躬致敬。

賓羅先生把她帶到最中間那張靠背椅前。小嵐很不習慣這些禮節，她受不了這麼多比她年長的人朝自己鞠躬，忙說了聲：「免禮，各位請坐！」

14

可是，所有人仍然蕭立着，不敢坐下。

小嵐急了，大聲説：「你們怎麼啦，我叫你們坐下就坐下嘛！」

賓羅先生在她耳邊小聲説：「您不坐下，他們哪敢坐呀！」

「噢！」小嵐聽了，趕緊坐了下來。

一陣桌椅碰撞聲，議員們紛紛就坐。

賓羅先生給小嵐一一介紹了在坐的二十多位國會議員，小嵐只覺得眼花繚亂，不僅因為一下子要認識這麼多人，還因為這些人個個都珠光寶氣，身上帽子上不是戴着鑽石，就是鑲着翡翠玉石，把小嵐眼睛都晃花了。

這些人中，小嵐印象最深的是首相萊爾。

早在香港時，小嵐就常從賓羅先生的口中聽到「萊爾」這個名字，到她的公主身分確定，賓羅先生給她介紹國家領導人的情況時，又很詳細地講了萊爾首相的背景，所以小嵐知道他是烏莎努爾一個舉足輕重的人物。再加上萊爾首相長得很像清宮戲裏專扮和珅的那個演員，胖墩墩、圓頭圓腦的，臉上老帶着笑，所以小嵐忍不住好奇地朝他多看了幾眼。

「叮叮叮——」國會主席萊爾首相拿起桌上一個搖鈴搖晃起來，這是烏莎努爾國會的一個傳統習慣，用鈴

15

聲表示開會散會。萊爾首相首先向小嵐深深鞠了個躬，又向其他人點頭示意：「各位議員閣下，今天有一個很重要的議題，就是商量公主加冕登位的日子。我提議在下星期一就舉行加冕大典。大家意見怎樣？」

議員們交頭接耳議論着，一會兒，萊爾首相説：「好，大家都考慮得差不多了，下面就舉手表決吧！贊成下星期一替公主舉行加冕登位大典的，請舉手！」

小嵐好奇地東張西望，見到在坐的人陸陸續續地全部都舉了手。萊爾首相一隻手高舉着，一隻手在點算人數，一會，他大聲説：「點算完畢，現在宣布表決結果，國會人數三十三人，出席二十九人，一致同意下星期一舉行加冕登位大典。」

會議廳裏馬上響起一陣熱烈的掌聲。

萊爾首相很興奮地對小嵐躬身説：「老臣很榮幸地稟告公主，出席議員全數通過，在下個星期一，您將接受加冕，成為烏莎努爾第十九代國王⋯⋯」

小嵐剛要説什麼，會議廳的大門砰的一聲被人推開了，一個人走了進來，他大聲道：「我反對！」

會議廳裏所有人的目光「唰」一下全落到那人身上。

那是之前請了病假的政法大臣滿剛。

萊爾首相用嚴厲的口氣說：「滿剛大臣，你不是說生病不參加會議嗎？怎麼現在又突然出現，且口出狂言！」

賓羅先生也說：「滿剛大臣，你憑什麼要反對？我們剛才已經全數通過了請公主加冕登位的議案了。」

「首相大人，我憑的就是這本出自一九二一年的皇家法典。」滿剛大臣一邊說，一邊走到屬於他的那個座位。他打開一本黃色封面的書，繼續說：「大家聽好，第一千二百五十條：但凡烏莎努爾皇位繼承人，必須年滿十六歲才能正式加冕成為國王，未滿者則仍以王子公主稱之，也可稱為候任國王，候任國王無權對國家大事作出任何決定，但有權提出議案，請國會討論。」

滿剛大臣唸完後，又說：「據了解，小嵐公主還差幾個月才滿十六周歲，所以，按皇家法典規定，她現在還不能登位，請各位明鑒。」

賓羅先生聽完，說：「不對呀，我昨晚還翻過皇家法典，那上面並未提及要十六歲才可以做國王！」

滿剛大臣笑道：「賓羅先生，請問您的那本法典是綠色封面的嗎？」

賓羅先生想了想，說：「沒錯，是綠色封面的。」

滿剛大臣說：「您看的那本叫《一九二零皇家法典

綠皮書》，我這本是《一九二一皇家法典黃皮書》，是《一九二零皇家法典綠皮書》的補充說明，不信，您可以仔細查看。」

滿剛大臣說完，離開座位，把那本法典交給賓羅先生。

賓羅先生接過法典，細心地讀着滿剛大臣指出的那條法例，坐在他旁邊的萊爾首相也性急地探過頭去看。

法典是真的，滿剛大臣說的也是真的，《一九二一皇家法典黃皮書》的補充說明，的確規定年滿十六歲的繼承者才可正式登位做國王。賓羅先生和萊爾首相互相看了看，都無奈地搖了搖頭。

萊爾首相對小嵐說：「公主，祖宗之訓不可違，也只好等三個月以後再安排加冕登位大典了。」

小嵐一直好奇地聽着他們討論，當聽到可以三個月後才做國王時，她開心得嘴裏暗暗唸叨，謝完菩薩又謝上帝。聽到萊爾首相這樣說，她急忙說：「沒問題沒問題，當然要按照法典上說的去做啦！而且，我還可以利用這幾個月的時間好好熟悉一下這裏的環境！」

萊爾首相讚歎道：「公主小小年紀，就如此識大體明道理，真是國家之幸，國家之幸！」

小嵐也嘴甜舌滑地說：「我什麼都不懂呢，今後還

請首相大人和各位議員多多提點!」

萊爾首相笑得像個彌陀佛似的,連說:「不敢不敢!公主真謙虛啊!」

小嵐看了看手錶:「首相,既然提案有了結果,就散會吧!」

「是是是!散會散會!」萊爾首相急忙拿起搖鈴,使勁搖了起來。

散會時,小嵐顯得很高興,一路哼着一首什麼歌。

賓羅先生把小嵐送回王宮。一路上,賓羅先生問:「公主,登位時間押後,您好像很開心?」

「噓～～」小嵐吹了一下口哨,輕鬆地說,「當然啦,伯伯。」

賓羅先生問:「您很討厭當國王?」

小嵐苦着臉說:「嗯!做國王太辛苦了,不如做個普通人,自由自在,想幹什麼就幹什麼。」

賓羅先生有點擔心地看着小嵐。

車子到了王宮,小嵐說:「伯伯,聽瑪亞說,我有一間很漂亮的書房,您能帶我去嗎?」

賓羅先生說:「很樂意効勞!」

小嵐叫賓羅先生在前面引路,兩人走進了書房。這可是小嵐見過的最氣派的書房了,約有一千呎,三面牆

壁都是高達屋頂的書櫃，其中一面全是烏莎努爾各種典籍文獻，另外兩面是時下流行的文學作品，最令小嵐驚喜的，她全部的作品都在其中呢！

還有一邊擺放着一張大大的書桌，上面除了文具之外，還放了一面烏莎努爾的國旗。

小嵐想，這倒像電影裏那些總統的書桌呢！

書架上還擱了不少擺設，小嵐沒顧上細看，她跑去關上書房門，又讓賓羅先生在書房中間那個小小會客處的沙發上坐下。

「伯伯，我剛才的話把您嚇着了吧？」小嵐笑嘻嘻地說，「您別擔心，我會打好這份工的。」

賓羅先生看着小嵐的眼睛：「我的小公主，您剛才故意那樣說的？」

「有司機在，我不想暴露自己的真實想法。」小嵐調皮地擠了擠眼睛，「伯伯，我打算利用這幾個月時間去偵查，揭開王室一些未解之謎，找出背後那隻黑手。」

賓羅先生暗暗點頭。

小嵐繼續說：「我要還我的親生父親源允一個公平，他本來是一個尊貴的王子、國王，卻因為一些心懷不軌的人，而離開父母顛沛流離，最後死於非命；我也

要還伍拉特一家一個公平，伍拉特國王代替我父親統治這國家多年，令人民安居樂業，功不可沒，但竟然遭到滅門之禍。我不把那些壞蛋找出來，讓他們受到應有懲罰，我就枉為霍雷爾的子孫！」

賓羅先生聽了，長長地吁了一口氣，點頭說：「公主真懂事，老臣謝謝您，謝謝您了！」

「伯伯，別這樣！這是我應該做的。」小嵐又說，「我想，那些搞陰謀的人目的只有一個，就是覬覦這個皇位。所以，我要調查的目標人物，應該是那些有可能代替霍雷爾家族統治國家的重臣。我覺得，除了您之外，每個人都有嫌疑，我要逐一偵查。」

「謝謝公主信任，老臣為了烏莎努爾，萬死不辭！」賓羅先生感動極了，他想了想又說，「這些人的陰謀如果從王子掉包算起，已經整整五十年了，可以說是埋藏得很深的人，甚至可能這陰謀已經延續了幾代，要揭穿他們，實在不容易。」

「伯伯說得沒錯！」小嵐想了想，問道，「伯伯，其實我心中一直有個疑問，霍雷爾家族已傳了十九代，四百年來開枝散葉，按理應該有很多後人，但你們為什麼一直說只有我具有霍雷爾家族血統？難道我就沒有什麼叔叔伯伯，堂的或是表的兄弟姐妹嗎？」

賓羅先生歎了口氣，說：「公主，您有所不知了。霍雷爾家族傳了十九代，但卻是十九代單傳，即是每一代都只生一個孩子，所以民間曾經傳出一些傳聞，說這個家族受了詛咒。到了伍拉特這一代，生了兩男四女，人們都以為是詛咒被破解了，但沒想到，原來這伍拉特根本不是霍雷爾家族的人。」

「噢，十九代單傳？」小嵐驚訝地睜大眼睛，「我從不信什麼詛咒，但這事情也着實令人感到奇怪！」

賓羅先生說：「所以，公主，您身上責任重大，霍雷爾家族的事業能否延續下去，就靠您了。」

「伯伯放心好了！」

寶羅先生微笑着點點頭。

「公主這兩天就先好好休息一下，明天晚上，將會為您舉行一個歡迎酒會。」

「伯伯，我打算明天去一趟首相府……」

第 3 章　初探首相府

　　霍雷爾、查韋姆、梅登是烏莎努爾公國最有勢力的三大家族。

　　相傳四百年前剛建國時，是由這三大家族共同掌握政權的，至於後來為什麼會變成君主制，變成霍雷爾家族的一家天下呢？這裏有個很有趣的傳說故事。說是這三大家族的頭人雖然都是很好的朋友，但個性卻很不相同，一個很急進，一個很保守，一個又很開放，所以他們在議決許許多多國家大事時，往往各持己見，很難有統一意見。後來，他們決定在三人之中選出一個國王，一人說了算，免得麻煩。他們採用了比賽射箭的方式，實行「一箭定江山」。三個人都是射箭好手，比賽那天，你一箭我一箭，箭箭中靶心，在五十多箭之後，查韋姆家族的頭人一箭偏離紅心被淘汰，只剩下霍雷爾家族和梅登家族一決高下。兩個家族頭人稍事休息之後，又再比試，一連幾十箭，最後梅登家族頭人一箭射偏了，結果霍雷爾家族勝出，開始了他們近四百年的統治歷史。

　　而萊爾首相正是梅登家族的後人。

這天一大早，小嵐就由一個六人的小衛隊護送到了
首相府。如果要用一個詞去形容那座矗立在一片綠茵草
地上的首相府的話，小嵐覺得除了「金碧輝煌」之外，
就再難找到合適的詞了。

那三層高佔地一萬多呎的首相府，外牆是明黃色
的；豪華的大廳，則以金黃和米黃為主色調，加上桌上
牆上擺放着很多黃金擺設，一進去，就給人一片黃澄澄
的感覺。

小嵐在萊爾首相的引領下走進偌大的客廳，那裏面
除了十幾個穿戴整齊的男女僕人外，還有一位十一二歲
長得像個洋娃娃的女孩子。

見到小嵐，女孩臉上現出好奇的神情，兩眼直瞪瞪
地盯着小嵐。萊爾首相悄悄拉了拉她，她才朝小嵐行了
一個屈膝禮：「您好，公主殿下！」

小嵐忙説：「你好，可愛的小女孩！」

萊爾首相説：「這是小女妮娃。」

小嵐笑着説：「妮娃？名字跟人一樣可愛。」

妮娃開心得紅了臉：「謝謝公主！」

妮娃一邊説話，眼睛還是沒有離開小嵐的臉。小嵐
笑着摸了摸自己的臉，笑嘻嘻地問：「我臉上長了一朵
花嗎？你怎麼老盯着我看？」

妮娃天真地說：「公主姐姐，我覺得您好漂亮啊！比我們這裏的所有姐姐都漂亮！」

小嵐笑得合不攏嘴，原來男孩子性格的她，也喜歡人家讚她漂亮呢！她對妮娃說：「謝謝你！你也很漂亮啊！」

妮娃很嚴肅地點了點頭：「我也覺得是！」

妮娃一臉認真的樣子，引得小嵐哈哈大笑起來。

妮娃拉着小嵐的手，說：「公主姐姐，我家有個好大好大的花園，我帶您去那裏玩，好嗎？」

小嵐打心底裏喜歡這個天真可愛的小女孩，馬上點頭答應了。

萊爾首相說：「妮娃，好好招待公主，別調皮！」

「知道了！」妮娃拉着小嵐的手，一蹦一跳地跑出了客廳。

首相家的花園果然好大好大，到處種滿了奇花異草，各式各樣的花架、葡萄架十分雅致；草地中間有一個大噴水池，隨着輕快的音樂聲，不斷噴出造型優美的水柱；綠茵茵的草地上還豎立着五六個人物雕塑，令花園更添藝術氣息。

小嵐正在欣賞一座貝多芬的半身像，聽到妮娃叫她：「公主姐姐，快來看我養的魚！」

25

妮娃趴在一個水池邊上，高興地給小嵐介紹説：「姐姐快看，這個胖傢伙叫壽星，這個金黃色腦袋叫銀獅頭……」

小嵐看着妮娃，不知怎的想到了曉星。

看完魚，妮娃又拉着小嵐説：「姐姐，我帶您去那邊亭子，看我養的小鳥……」

妮娃拉着小嵐的手，在林蔭小路上一邊走一邊興致勃勃地講她的小畫眉，不提防樹上面掉了個什麼東西下來，「篤」一聲落到她頭上，嚇得她「哇」地喊了起來。

「是個小芒果！」小嵐俯身從地上拾起了一個青青的小芒果。

妮娃摸摸腦瓜：「噢，今天又沒颱風，這芒果怎麼會掉下來呢！」

話沒説完，她又哎喲叫了起來，又一個小芒果砸在她肩膀上。妮娃大聲嚷嚷起來：「這些芒果樹怎麼啦，今天盡欺負我！」

「哈哈哈！」樹上突然有人爆發出一陣大笑。

妮娃和小嵐一齊朝樹上看，只見一個少年騎在樹杈上，手裏拿着本書，正得意地大笑着。

「原來是你在搗鬼！」妮娃氣哼哼地，撿起地上那

個小芒果，就朝樹上扔，誰知她力氣太小，芒果沒擲到樹上，反而朝她頭上掉下來了，小嵐忙往上一躍，把小芒果接住。

「好身手！……」少年話未說完，小嵐就把手向上一揚，小芒果直朝少年飛去，少年急忙一閃，小芒果從他身邊擦了過去。

「哈，好厲害！」少年從樹上跳了下來。

小嵐眯着眼睛，打量着眼前這個淘氣的男孩，只見他十六七歲模樣，一雙眼睛挺機靈的，臉上帶着調皮的笑容。

那少年也在打量小嵐，眼前這個女孩漂亮大方、氣度非凡，是他見過的女孩當中最漂亮最有氣質的一個。

小嵐瞪着少年，為妮娃主持公道：「你幹嘛欺負人家小女孩？」

「我哪敢欺負她？她是我們家的女王呢！」少年笑嘻嘻地看着小嵐，又主動伸出手，自我介紹說，「我叫利安，是妮娃的哥哥。」

原來是萊爾首相的兒子。小嵐握住利安的手，剛要介紹自己，卻被利安打斷了。

「我猜猜看！」利安眨巴着機靈的眼睛，說，「您是從香港來的公主，是嗎？」

妮娃大聲嚷了起來：「哥哥，你怎麼猜到的，你好厲害啊！」

利安得意地説：「只有公主才配有這樣一張美麗聰明的臉孔呢！」

這讚美的話從淘氣可愛的男孩子嘴裏説出，小嵐心裏又是另一番感受，她微微紅了臉。

這時候，小徑上匆匆走來一個人，正是萊爾首相，他對小嵐説：「公主殿下，請回去用膳。」

「原來你在這裏，我還叫僕人到處找你呢！」萊爾首相把利安介紹給小嵐，「這是小兒利安。」

小嵐笑道：「我們剛才已經互相介紹過了。」

萊爾説：「我這兒子，是個不懂規矩的頑皮傢伙，他沒對您不敬吧？」

小嵐説：「沒有啊，他還送了兩個芒果給我做見面禮呢！」

「啊！」萊爾首相不明就里，眨巴着眼睛，這邊廂，三個孩子早已嘻嘻笑了起來。

一行人回到屋裏，一個衣着華麗的女人走過來，朝小嵐行了個禮：「歡迎公主殿下！」

萊爾首相趕緊介紹説：「這是我夫人。她本來有事去了泰國，聽到公主大駕光臨，特地坐飛機趕回來

的。」

小嵐一看那女人，四十歲不到，生得十分秀氣，怪不得生了利安和妮娃這樣一對出色的孩子。

小嵐微笑着說：「首相夫人真客氣！您是我的長輩，請不必多禮。」

萊爾首相說：「公主請上座！」

一張長長的餐桌上，早已擺滿了菜肴，其中有許多叫不出名字的山珍海味，只覺香氣撲鼻。

各人就坐，小嵐見到有位置仍空着，剛要問，只見一個人大步走了進來。他高高的個子，線條生動的臉上一副少年老成的神情，一隻手被繃帶吊在胸前。

萬卡！小嵐差點叫了起來。

從香港來這裏後，她就一直沒見過萬卡，沒想到會在這裏碰面。他怎麼會在首相府出現呢？

首相夫人一見萬卡，馬上走過去，扶着他，說：「看你，走路老像操兵似的！小心碰到傷處了。」

萬卡說：「媽，沒事，放心好了。」

小嵐很驚訝，真沒想到萬卡是萊爾首相的兒子。她看看利安，又看看萬卡，他們分明年紀不相上下，但模樣又很不一樣，肯定不是雙胞胎。萬卡早已覺察到她的疑惑，便解釋說：「我是孤兒，是爸爸媽媽從孤兒院領

養我，培育我長大的。」

「哦！」小嵐恍然大悟。

萊爾首相指指妻子旁邊的位子，叫萬卡坐下：「你用左手不方便，讓你媽媽照顧你。」

妮娃趕緊說：「我也要照顧哥哥。」

利安說：「照顧弟弟是哥哥的責任，我來負責照顧萬卡好了。」

萬卡微笑着說：「不用了，我左手還蠻好用呢，我自己能行。」

小嵐看着這一家人對萬卡的關懷，心裏很感動。心想萬卡沒了親人，但又擁有這麼多愛他的人，也真是不幸中的大幸啊！

31

「請公主用膳。」首相夫人彬彬有禮地說。

「謝謝！」小嵐心情愉快地拿起了面前的刀叉。

到小嵐離開首相府時，妮娃和她已經難捨難分了，小嵐走時，她一個勁地問：「公主姐姐，您明天還會來嗎？」

利安也用期待的眼神看着小嵐：「您看妹妹多喜歡您，您就常來玩吧！或者，乾脆來我們家住幾天，反正現在放暑假。我們有的是房子呢！」

烏莎努爾放暑假的時間剛好比香港遲了兩個月，所

以他們現在剛剛開始放假呢！

　　萊爾首相在一旁説：「小嵐公主忙着呢，她哪有時間來陪你們瘋。公主，您別理他們。」

　　小嵐笑着説：「在你們家很開心啊，有空我一定再來。」

第 4 章　這個國王好臉熟

小嵐從首相府一回到王宮，瑪亞就上前稟告說：「公主殿下，您有客人來了，我安排他在樂樂廳等您呢！」

小嵐很奇怪，是誰來找她呢！她也沒回臥室，徑直朝樂樂廳去了。

半路上碰到一個小侍女，她雙手抱着很多零食，有薯片呀、朱古力豆呀、脆脆餅呀一大堆，走着走着還掉了一包薯片到地上。小嵐上前幫她撿起薯片，又笑着說：「哇，你好嘴饞，吃這麼多零食。」

小侍女慌忙說：「回稟公主，這些東西是樂樂廳那個客人要的，他在那裏待了半個多小時，已經吃了一大堆零食了。」

「咦！」小嵐馬上想起了一個人，莫非是他！

她接過小侍女手上的零食，說：「你給我好了，我拿去給他。」

小侍女吃驚地說：「不行，我怎麼可以讓公主做這些事呢！」

小嵐笑着說：「不要緊，你給我就是！」

我不是公主

小嵐把那堆零食抱在懷裏，向樂樂廳走去。

媽明苑有五個客廳，這樂樂廳是最小的一個，約有九百呎左右。裏面除了一應沙發茶几之外，還放着幾部遊戲機，幾個放滿圖書的書架，還有一部大電視機，那格局，像是專門招待小孩子的。小嵐進去時，有個身形矮小的男孩子，正背向門口，在打遊戲機，一邊打還一邊往嘴裏塞零食。

「曉星！」小嵐大喊一聲。

那男孩一聽，忙停下手，轉過身來，果然是幾天沒見的曉星！

「哇！小嵐姐姐！」曉星撲了過來，摟住小嵐，兩人高興得一跳一跳的。

「噢，看把薯片都壓扁了。」小嵐掙脫曉星，把手裏抱的零食放到茶几上，又驚喜地問，「你怎麼一個人跑來了？」

曉星得意地說：「我決定來烏莎努爾留學。聽說這裏的『宇宙菁英』國際學校是間很有名的學校！」

「好小子，你耳朵真長啊，連這都知道！」小嵐睜大眼睛，「你爸爸媽媽同意你來嗎？」

「開始不同意呢！」曉星笑嘻嘻地說，「後來，他們關起房門在互聯網上查了一個晚上，出來時臉上挺開

心的。他們查到『宇宙菁英』是國際有名的學校，從小學到大學，實行一條龍教學，不少歐美學生都爭着來留學，嘿，他們就同意了。」

小嵐十分高興：「那太好了，以後我們又可以在一起了。曉晴呢？她也會來嗎？」

曉星説：「我姐姐？她也想來啊！不過，爸爸媽媽不讓。她『一哭二鬧三上吊』，幾乎所有辦法都用過了，但沒用。」

「啊，真不幸！」小嵐説，「希望你爸你媽會改變主意。」

曉星四處張望，説：「小嵐姐姐，我送給你的那條史前魚呢？」

小嵐説：「放賓羅伯伯那裏了，他説會找時間證實牠的年份。」

曉星興奮地説：「我得找個時間去探望牠，牠可能挺想我呢！」

「嗯！」曉星又説，「小嵐姐姐，烏莎努爾真是一個美麗的國家呀，我一路上看風景，都看呆了。還有這王宮，漂亮得讓人眼睛都睜不開……姐姐，你現在帶我去參觀參觀王宮好嗎？」

「時間來不及了，今晚還有事呢！」小嵐説，「明

天吧，明天我跟你一塊到處逛逛。」

　　小嵐説完，按了一下鈴。瑪亞很快來了，柔聲問：「公主殿下，請問有什麼吩咐。」

　　小嵐指指曉星説：「這是我的好朋友曉星，你馬上收拾一個房間給他。記住，要最好的。」

　　「是，公主，我馬上辦好！」瑪亞行了禮，轉身要走。

　　小嵐把瑪亞叫住了：「對了，你替曉星準備一套西裝，他今晚也要參加酒會。」

　　等瑪亞一走，曉星就高興得拍着掌説：「太好了，參加王宮的酒會，一定有很多好東西吃！」

　　小嵐説：「別只顧吃，你有任務呢！」

　　「我估計那個在幕後操縱的人，很可能就是一些有能力去篡權的王公貴族，所以你今晚要特別留意那些人。」小嵐把烏莎努爾的情況跟曉星簡單説了一下。

　　「行！監視壞人，找出犯罪線索，我最喜歡做這樣的事了。」曉星興高采烈地説。

　　「現在誰好誰壞還不能下定論呢！」小嵐又説，「好了，趁現在還有點時間，我帶你去一趟繡像廳，認識一下那些國家政要的模樣，免得你今晚糊里糊塗的，不知道誰是誰。」

「繡像廳是做什麼的？」曉星問。

「是擺放歷代國王和國家政要繡像的地方。」

繡像廳在一樓走廊盡頭，一進去，曉星就哇哇大叫道：「這麼多雙眼睛盯着我，好不習慣啊！」

小嵐也是第一次到繡像廳，剛一踏進去，她也覺得有點不自在：大廳四面牆上，一幅接一幅，掛了近百幅畫像，畫像上的人全都露出一副威嚴的樣子，你走到哪裏，都好像在盯着你看。

兩人站了一會，才慢慢習慣了那些目光。

「我們先看看國王部分。」小嵐拉着曉星，邊走邊看，「這些該是我祖先了！第一代國王烏日曼‧霍雷爾，第二代國王伍登姆‧霍雷爾……」

37

曉星一邊看着一邊評論：「你的祖先都長得挺帥呢！不過，橫看豎看，你都不怎麼像他們。」

小嵐説：「當然啦，我是中烏混血兒，而且女兒多像母親，所以，我是應該更像中國人的。」

「奇怪，奇怪！」曉星站在第十八代國王梅里達的肖像前，端詳着，「我怎麼有一種感覺，好像在哪裏見過這位國王。」

「這是我爺爺呢！」小嵐走過去，對着那個大鬍子國王端詳了好一會兒，「他在幾十年前已經去世了，你

怎麼會見過他呢！」

　　曉星聳了聳肩，說：「對，我沒可能見過他的。」

　　第十九代國王的位置空着，相信那裏曾經擺放過在王室慘案中遇難的伍拉特的畫像，自從「王子掉包事件」公之於眾後，畫像才被拆了下來。到小嵐登位之後，這位置就會被小嵐的畫像填補。

　　第二部分是王室歷代重臣肖像，因為時間關係，小嵐只是帶着曉星看了當朝的部分。

　　「你看，這個人像不像電視劇裏的和珅？他就是萊爾首相！這瘦高個是財政部長賈阿米，這又慈祥又威風的，你認識的……」

　　「噢，賓羅伯伯！」曉星叫了起來。

　　「嘿嘿，誰在叫我呀！」一把聲音突然在他們身後響起，把兩人嚇了一大跳。

　　「哎呀，是賓羅伯伯您呀！」小嵐和曉星一齊叫了起來。

　　賓羅先生笑眯眯地説：「我聽説曉星來了，特地來這看他呢！」

　　曉星用雙手抱着賓羅先生的腰，撒嬌説：「伯伯，我好想您啊！」

第 5 章　花園裏的秘密交易

酒會在富麗堂皇的宴會廳舉行。除了代表韋爾姆家族的財政部長賈阿米因公務在國外，所有重臣都攜眷出席了。

小嵐一踏進大廳，就有一大羣人走了過來向她行禮，然後又由萊爾首相一個個給她作介紹。同行的曉星被擠了出來，他不服氣地抗議着：「哎，別擠，我是公主的好朋友！」但誰也沒理他。

「喂喂喂！」曉星剛要再次抗議，眼尾卻霎見那邊一長溜桌子上擺滿了各種美食，他立刻迫不及待地跑了過去。

哇哈，好多好吃的東西啊！他趕緊拿了隻大碟子，夾了滿滿一碟食物，然後找了個位子，大吃起來了。

「嘻嘻……」有女孩子在笑。

曉星沒工夫去管她笑什麼，他正很努力地去對付一隻美味的雞腿。

「嘻嘻嘻嘻……」笑聲更響了。

曉星抬眼一望，咦，對面桌子旁坐了一個漂亮的女孩子，正朝着他笑呢！

這下曉星慌了，趕快放下雞腿。他得在女孩面前保持儀態，尤其是漂亮女孩。

「嗨！」曉星朝女孩揚揚手打招呼。

女孩也朝曉星揚揚手，但緊接着又用手指指曉星，又指指自己臉上。

曉星趕緊往自己臉上一抹，抹了一手醬汁。

「嘻嘻嘻！」對面的女孩又笑了起來。她朝曉星走過來，遞給他一面小鏡子。天啦，臉上東一塊西一塊，都是醬汁！

曉星尷尬地拿起餐巾，把臉上擦乾淨了。

「謝謝你！」他一邊說，一邊打量着面前的女孩。

女孩長得很好看，圓臉圓眼睛，一笑臉上現出兩個圓圓的小酒窩，就像個可愛的玩具娃娃。

女孩忽閃着睫毛長長的大眼睛，問道：「你是誰？」

曉星回答說：「我是小嵐公主的朋友！」

女孩一聽馬上高興地說：「我也是小嵐公主的朋友呢！」

「你是公主的朋友，我也是公主的朋友，那我們也應該是朋友了！」曉星開心地朝小女孩伸出手，「我叫周曉星！」

小女孩也伸出手：「我叫妮娃！」

兩人手拉手，不停地搖晃着，十分開心。

妮娃説：「這裏面不好玩，我帶你到外面花園去，我知道有個遊樂場，很好玩呢！」

曉星馬上響應説：「好啊！」

兩個孩子手拉手，蹦蹦跳跳地跑出去了。

花園裏雖然也有路燈，但跟燈光燦爛如同白晝的大廳一比，就顯得有點昏暗，不過這妮娃大概是這裏的熟客，所以拉着曉星走得很快很順暢，走過了一個噴泉幾處涼亭之後，就到了遊樂場了。

妮娃興奮地叫着，跳上了一架秋千，她扭頭對曉星説：「推我呀，推我呀！」

曉星當然很樂意為漂亮小妹妹效勞，他使勁地一推，又一推，秋千動了，越飛越高了。妮娃坐在秋千上，高興得哇哇大叫。

曉星也上了另一架秋千，使勁盪了起來。

「我們比賽誰飛得高！」妮娃説着，便勁地一盪，秋千盪得高高的像要向天空飛去。

曉星也不甘示弱，兩人越盪越高，直到大家都累了，才停了下來。

妮娃從秋千上蹦下地，説：「我們到那邊大樹下坐

坐，看星星好嗎？」

曉星當然沒意見，他巴不得能和這活潑可愛的小妹妹多呆一會兒呢！

兩人坐在大樹下面，三面是翠綠的灌木叢。他們可以從枝葉的縫隙看到外面，但外面的人即使從面前走過，也很難發現他們。妮娃興奮地說：「這裏最好玩躲貓貓，誰也不會發現我們呢！」

兩人坐着數了一會星星，妮娃說：「噢，我肚子有點餓了，我去拿點東西來，我們在這裏野餐！」

曉星說：「我去拿吧！」

妮娃用指頭點了點他的鼻子，說：「你會迷路的。算了，我很快回來的，你乖乖地等着，呵！」

妮娃蹦跳着走了。

曉星往樹幹上一靠，看着滿天星星，感覺很開心。

忽然，小路上有一陣腳步聲傳來，咦，莫非是妮娃回來了。不對呀，妮娃前腳才走，哪有這麼快！再聽聽，是兩個人的腳步聲呢！

那兩人走着走着，在曉星面前停住了，曉星隔着樹枝一看，原來是兩個男人。一個背對着他，看不見是什麼人，而另一個面向着他的，咦！好臉熟，記起來了，不正是在畫像上見過的那個政法大臣滿剛嗎？

「錢帶來了嗎？」滿剛大臣對另一人說。

另一人沒作聲，只是把手裏一包東西遞了過去。

滿剛大臣打開看了看，滿意地說：「你果然守信用！好了，夠我明天去拍賣場把那個中國唐代古董花瓶投回來了。」

滿剛大臣說完，揚長而去。

這時，背朝曉星的那人嘀咕了一句：「哼，貪得無厭！」

這聲音好熟！這時，那人一轉身，曉星差點叫出了聲：「賓羅伯伯！」

賓羅先生朝四周看了看，然後走了。

曉星狐疑地看着他的背影。自從認識賓羅伯伯之後，在曉星心目中，他都是一個光明磊落的人，可是今天這行為，太不像賓羅伯伯了，他和滿剛之間，究竟在進行什麼交易？

這時候，又聽到一陣腳步聲，這次真的是妮娃回來了，她提着個小籃子，裏面裝滿了各種吃的、喝的。曉星幫妮娃在草地上鋪了桌布，又把籃子裏的東西一樣樣拿出來，都是些他愛吃的東西呢！曉星開心得把剛才看到的事全忘了。

「乾杯！」曉星和妮娃把果汁杯一碰，一飲而盡，

又拿起食物大吃特吃起來，兩人直到把肚子撐得脹鼓鼓的，才停了下來。

這時候，聽到有人在叫喚：「曉星先生，曉星先生！」

妮娃說：「有人叫你呢！」

曉星急忙應道：「哎，我在這裏！」

一個女子跑過來，是瑪亞。她一見曉星就說：「哎呀，原來您在這裏！公主找您呢！」

瑪亞又對妮娃說：「妮娃小姐，你父親在大門口等你呢，他找你半天了！晚會已經結束，客人都準備走了。」

妮娃忙跟曉星說：「糟啦，父親會罵我的！我先走了！」她跟曉星揮了揮手，跑掉了。

瑪亞把曉星帶回宴會廳，小嵐正着急呢，一見曉星趕忙跑過來：「你去哪了？我找你一晚上了！」

曉星樂滋滋地說：「我認識了一個女孩子，跟她去花園盪秋千、野餐……」

小嵐雙手在腰間一叉：「好小子，有異性，沒人性！那不用問，我給你的任務肯定沒完成了！」

「這……」曉星這才想起自己的任務，忙縮着脖子垂着頭，「小嵐姐姐，下次不敢啦！」

小嵐還不肯罷休，瑪亞笑着說：「公主殿下，該回去休息了。」

曉星忙附和說：「是呀是呀，公主姐姐該回去休息了。」

小嵐哼了一聲：「好，明天再懲罰你！」

一隊侍衛護送他們回到嫣明苑，小嵐回了卧室，曉星就心急火燎地催着瑪亞帶他去房間，一邊走還一邊問：「瑪亞姐姐，我的房間很漂亮吧？水籠頭是用金子做的嗎？……」

第 6 章　三千億遺產

又是新的一天。

早上，小嵐梳洗完，坐到了那張長餐桌前。十幾個侍女捧着早點魚貫而上，把桌上擺得滿滿的。小嵐把瑪亞叫來，吩咐說：「我以後每天都會跟曉星一塊吃飯，包括早午晚餐。」

「是，公主殿下！」瑪亞吩咐一個侍女去把曉星請來。

曉星來了，他沒顧上去看桌上的美食，拉住小嵐就急忙說：「姐姐，我有很重要的事跟你說呢！我本來昨晚就想起來要跟你說的，但跑到你門口被侍衛攔住了不許進，只好回去了。」

小嵐納罕地瞅了曉星一眼，心想這饞嘴貓對滿桌子美食都顧不上看一眼，這一定是件了不得的重大事情。於是，她叫一旁侍候的侍女都退下，又關上了門。

「有什麼事，快說！」

曉星趁小嵐跟侍女說話的時候，早已塞了一塊芝士蛋糕進嘴裏，飛快地吞了下去。然後擦擦嘴，說：「我要跟你講，你昨晚太冤枉我了！」

「什麼？！這就是你的重要事情！」小嵐眼睛一瞪。

「不是哪！做了公主還那麼性急。」曉星不滿地嘟噥着，又得意地説，「我是想告訴你，我昨天其實不僅僅是跟女孩子玩了一晚上，還查到了一個驚天大秘密。」

「驚天大秘密？」小嵐一臉不相信，「牛皮吹大了吧，小心破了！」

小嵐一邊説，一邊自顧自地拿起一塊點心吃起來。

「真的呀！我見到賓羅伯伯送了一大筆錢給滿剛大臣……」

「什麼？」小嵐大吃一驚。

曉星一五一十，把滿剛大臣跟賓羅先生在花園裏的會面告訴了小嵐。

「奇怪，賓羅伯伯為什麼要給滿剛大臣錢呢？而且又偷偷摸摸的，好像見不得人。」小嵐自言自語地説。

曉星又飛快地吞下了一口香腸，然後説：「看樣子，好像是滿剛大臣替賓羅伯伯辦成了一件什麼事。」

「噢，我猜到什麼事了！」小嵐大喊起來，「在國會會議上，本來所有人一致通過我馬上登位做國王的，就是這個滿剛大臣提出了反對意見。他拿出了

《一九二一皇家法典黃皮書》，指出了上面的一條法例，說是繼任人必須年滿十六歲才能正式加冕成為國王……」

「啊，我明白了，一定是賓羅伯伯不想姐姐你馬上登位，所以要滿剛大臣從古老的法典中尋找根據，結果讓滿剛大臣找到了，於是就按當初協定，給他錢。」曉星大叫道。

「全中！」小嵐一拍桌子，「可是，賓羅伯伯為什麼要這樣做呢？他有意拖延我的登位時間，目的是什麼呢？」

小嵐覺得很苦惱，她面對一桌子的早餐，一點食慾都沒有了。她對賓羅先生一向十分尊敬和信任，但現在她信心動搖了：他如果有正當理由不想我馬上登位，可以跟我講呀，幹嘛暗地裏耍手段呢？難道賓羅伯伯就是幕後黑手？他根本不希望我當國王。

好可怕啊！這世界上還有誰是可以信任的呢？她不由得懊惱地低下頭，把前額往桌上「砰砰」撞了兩下。

「小嵐姐姐，你可不要想不開呀！」曉星趕忙跑了過來，拉住小嵐，說，「萬事有商量！」

「我又不是去死，你嚷嚷什麼？」小嵐沒精打采地瞪了曉星一眼，「我只是傷心怎麼連一個可以信任的人

都沒有。」

　　曉星把胸膛一挺，説：「你可以信任我呀！你看我一副乖樣子，一看就知道是個好人！」

　　「我現在也只有你一個值得信任的人了。」小嵐又大聲説，「好，事情越複雜越好玩，天下事難不倒馬小嵐！」

　　曉星也大聲説：「對，天下事也難不倒周曉星！」

　　這時候，內線電話鈴響起來了，小嵐用指頭按了電話按鈕一下，説：「什麼事？」

　　電話裏傳來瑪亞的聲音：「公主殿下，賓羅先生要見您。」

　　小嵐説：「請他在書房等我，我一會就來。」

　　她又對曉星説：「曉星，你跟我一塊去。今後，你就是我的私人助理。」

　　曉星興奮地説：「做公主的私人助理？好啊！哈哈，周助理，不錯啊！」

　　小嵐拉了他一把：「少囉嗦，快走吧！」

　　賓羅先生和另一個中年女子已等在書房，一見小嵐進去，兩人馬上站了起來：「公主殿下！」

　　「坐吧坐吧！」小嵐一邊説一邊坐到了辦公桌前。

　　「伯伯好！阿姨好！」曉星笑着跟賓羅先生和那女

子打了招呼，又自我介紹說，「我是曉星，公主的私人助理。」

賓羅先生呵呵地笑着：「好啊好啊，有你當公主的私人助理，公主一定很開心。」

賓羅先生這時把那女子介紹給小嵐：「這是皇家的御用律師艾瑪。」

艾瑪朝小嵐屈膝行禮。小嵐說：「免禮，請坐！」

賓羅先生說：「艾瑪律師是來向公主解釋繼承遺產事項的。律師，你可以開始了。」

艾瑪說：「公主殿下，前國王留下的財產合共三千億……」

「嘩！三千億！」曉星喊了起來，「小嵐姐姐，你好有錢啊！」

小嵐也嚇了一跳：「我有這麼多錢？」

艾瑪說：「是呀，不過，這些錢要等您年滿十六歲正式登位之後，才能轉入您的銀行帳戶，現在還由國會代管。」

小嵐說：「沒關係，反正我現在也用不上。」

賓羅先生和艾瑪又講了些將來繼承遺產的細節，之後就告辭了。

小嵐說：「請賓羅先生留步。」

「是，公主！」賓羅先生又對艾瑪說，「律師，你先走吧！」

等艾瑪一離開，小嵐就蹦了起來：「唉，要我一本正經地坐着議事，好難受啊！」

賓羅先生笑着說：「您得習慣習慣了，將來您做了國王，這樣坐着議事的時候很多呢！」

小嵐說：「我真不想當國王呢！伯伯，你想我當國王嗎？」

賓羅先生笑着說：「你是個善良聰明的孩子，伯伯當然想你當國王啦！」

曉星搶着說：「伯伯，那您為什麼……」

「噢噢，我肚子怎麼會咕咕叫！」小嵐急忙打斷他的話，「剛才我和曉星只顧聊天，早餐都沒吃好呢！」

賓羅先生笑呵呵地說：「那你們快回去吃吧，別餓着了。老臣要告退了，我要回外交部開會呢！」

賓羅先生走後，小嵐關上書房門，她朝曉星一瞪眼，說：「嘿，你差點說漏嘴了！」

「什麼？什麼說漏嘴？」曉星還傻哈哈的，不知自己錯在哪裏。

「嘿，你真笨！」小嵐真想一巴掌打醒他，「反正，你以後千萬別透露伯伯和滿剛大臣碰頭的事，免得

打草驚蛇。」

「我肯定知道啦，我這麼精靈，還用你提醒嗎！」曉星一副很醒目的樣子。

小嵐嘀咕了一句：「哼，大笨蛋！精靈個鬼！」

這時候，內線電話響了，小嵐按了一下免提按鈕，傳來瑪亞的聲音：「公主殿下，首相府的利安少爺找您。」

小嵐說：「接進來吧。」

那電話上響起了利安的聲音：「小嵐公主您好！」

小嵐說：「利安你好！找我什麼事？」

利安說：「我妹妹非要我打電話給您，她想請您來小住幾天，陪她玩呢！您有空嗎？」

小嵐想了想，說：「好吧，我這兩天沒什麼事，就今天來吧，今晚在你們家住一晚。」

「太好啦！」利安歡呼起來，「那我馬上叫媽媽給您安排一間最好的臥室。」

小嵐說：「請首相夫人多準備一間客房，我會帶一位朋友來，一個男孩子。」

利安原先乾脆利落的聲音馬上變得含含糊糊的：「男孩子……這個嘛……」

小嵐問：「怎麼啦？不方便嗎？」

利安馬上説：「不不不，方便方便，我馬上請媽媽準備。」

小嵐説：「那我們待會兒見！」

利安興奮地説：「待會兒見！」

曉星一直豎起耳朵聽小嵐講電話，等她一掛線，馬上問：「姐姐，這利安是誰？你要帶我去他家玩嗎？」

小嵐説：「他是萊爾首相的兒子，他邀請我去他們家玩幾天。」

曉星一聽便説：「好啊！我們可以一舉兩得，玩和查探萊爾首相的情況。」

小嵐狡黠地笑着：「怎麼一下子又變得這麼聰明！」

曉星一聽就嚷嚷起來：「小嵐姐姐，你話中有話呢！我什麼時候都這樣聰明的啦！」

小嵐「哼哼」了兩下，説：「好啦，知道你聰明了，快回去拿幾件衣服，我們馬上出發去首相府。」

第 7 章　小路盡頭的鬼屋

半小時後，兩人在首相府前下了車，還沒站定，一個打扮得像隻小蝴蝶似的女孩子就撲了上來，一把摟住小嵐：「公主姐姐，我好想您啊！」

小嵐還沒作出反應，旁邊的曉星就噢地叫了起來：「你不是妮娃嗎？」

妮娃轉頭一看，高興得嗚哇大叫：「周曉星！」

兩個孩子手拉手，高興得一跳一跳的。

小嵐和利安看着他們發呆，不知道這兩個孩子怎麼會認識。小嵐首先醒悟過來：「曉星，她就是你昨晚認識的女孩子？」

沒等曉星回答，妮娃就興高采烈地搶着説：「是呀，我們玩了一晚上，看星星、野餐，很開心呢！」

妮娃説完，又跟曉星説：「曉星，我帶你去參觀我們家。」

兩個孩子手牽手，蹦蹦跳跳地走了。

小嵐和利安互相看了一眼，小嵐無奈地説：「有了小朋友，就忘了姐姐了！」

利安臉上笑嘻嘻的，一副很開心的樣子，他小聲嘀

我不是公主

咕着：「求之不得呢。」

小嵐扭頭問：「你説什麼？」

「沒什麼，我説讓他們玩去吧！」利安笑着説，「我們去划艇，好嗎？」

「好啊！」小嵐好像想起了什麼，「咦，你爸爸媽媽呢？」

利安調皮地眨了眨眼睛，説：「他們兩老現在身在希臘呢！爸爸要去執行緊急公務，媽媽因為沒去過希臘，就跟着去了，後天才回來。」

「哦。」小嵐點點頭。

小嵐上次來，只走了首相府一部分地方，沒想到再往裏走，裏面有一個很大的人工湖呢！只見湖邊綠樹掩映，湖上紅蓮搖曳，十分好看。

利安把小嵐帶到小碼頭，那裏泊着一隻綠色的小艇，利安先跳了下去，他向小嵐伸出手，説：「公主，請下來吧！」

小嵐抓住利安的手，往下一蹦，就跳到了小艇上。她太使勁了，小艇猛地搖晃了一下，小嵐站不穩，身子向後一倒，眼看要掉進水裏。幸好利安一把將她摟住，並往相反方向扯去。結果有驚無險，兩人齊齊跌回艇上，小嵐重重地趴到利安身上。

她跟男孩子這麼接近，小嵐未免有點不好意思，她趕緊爬起身。想起剛才快要落水的狼狽相，不禁哈哈大笑起來。

　　平日總是大大咧咧笑嘻嘻的利安不知怎的紅了臉，他掩飾地拿起一塊抹布，低頭擦着小艇上的座位。

　　小嵐見他沒完沒了地擦了又擦，不禁「撲嗤」一聲笑了起來。這一笑，把尷尬氣氛笑走了，於是兩人並肩坐下，一人拿一枝槳，使勁划起來。

　　小艇駛近一片蓮花，小嵐在香港從未見過這麼多這麼美的蓮花，一朵朵粉紅粉紅的，散發出一陣陣清香；還有那一塊塊漂在湖面上的蓮葉，圓圓的，翠綠翠綠的，就像一個個翡翠盤子。

　　利安摘了一個花灑似的蓮蓬，用手一掰，裏面露出幾顆翠綠飽滿的蓮子，利安拿了一顆遞給小嵐，說：「剝開嘗嘗，很好吃呢！」

　　小嵐剝掉蓮子的外皮，把白玉似的蓮子托在手心，細細端詳：「真的可以吃？」

　　利安笑着說：「可以啊，味道很鮮甜呢！」

　　利安說着，把一顆剝好的蓮子往上一扔，再用嘴巴準確地接住，然後津津有味地咀嚼起來。

　　小嵐見了，也學利安一樣把蓮子往上一拋，然後張

我不是公主

大嘴巴去接，可是沒接住，蓮子掉水裏去了。

「哈哈哈！」見到小嵐懊惱的樣子，利安淘氣地笑了起來。他又拿了一顆大的蓮子，遞給小嵐。

小嵐不服氣，又把嘴巴張得大大的，然後把蓮子往上一扔……

噢，又失敗了！蓮子「撲」一聲落在她的鼻尖，然後跳進水裏去了。

利安笑得前仰後合，小嵐氣惱地一把奪過他手上的幾顆蓮子往上一扔，其中一顆「撲」一下正好掉進她嘴裏。

小嵐得意地說：「看，我不是接着了嗎？」

利安嘻嘻地笑得很狡黠：「公主果然厲害，厲害！」

「那還用說。」小嵐得意極了。她把那顆蓮子一咬，味道果然鮮美！

突然聽到一陣笑聲，小嵐和利安從蓮花中划了出來，一看，原來是曉星和妮娃！這兩個傢伙不知什麼時候也來划艇，但偏不好好划，只將艇停在湖中心，兩人瘋了似的互相拿湖水潑對方。

利安見到妮娃身上已濕了一大片，馬上喊道：「妮娃，你的感冒剛好，小心又弄病了。」

曉星一聽馬上住了手，而妮娃卻不肯罷休，哇哇叫着往曉星身上潑水：「好好玩呀，曉星，繼續玩繼續玩！」

　　利安搖搖頭：「真拿她沒辦法！」

　　這時候，湖邊有人在喊道：「妮娃！」

　　妮娃一聽便高興地嚷起來：「二哥，你也來了？」

　　小嵐一看岸上，果然見到萬卡站在岸邊。他揚揚手裏一隻顏色鮮艷的風箏，喊道：「妮娃快來，我教你放風箏！」

　　妮娃馬上停止了潑水，高興地說：「放風箏？好啊，我們去放風箏囉！放風箏囉！」

　　小嵐對利安說：「我們也去放風箏！」

　　小嵐和利安首先上了岸。趁利安還在碼頭上繫着小艇時，小嵐一陣風似的跑到草地上。萬卡正蹲在地上整理放風箏用的線圈，見到小嵐，忙站起來，微微鞠了鞠躬：「公主殿下！」

　　小嵐說：「不必多禮！」

　　她看見萬卡胳膊上的繃帶拆了，便問：「胳膊全好了嗎？」

　　萬卡說：「是的，全好了！只是父親不讓我回去工作，要我再休息一段日子。」

「對，你還是再休養一段時間好。」小嵐看了看草地上那隻蝴蝶風箏，不由得躍躍欲試，「你很會放風箏？」

萬卡笑笑說：「會一點吧！今天風大，是最適合放風箏的日子。」

小嵐剛想要萬卡教她放，妮娃和曉星跑來了，妮娃一把抱住萬卡，嚷嚷着：「二哥教我放風箏，教我！教我！」

小嵐總不能跟一個小不點爭啊，只好坐到樹蔭下，遠遠看着。

60

萬卡很快就把風箏放上了藍天，他扯着線，在草地上奔跑着，和妮娃、曉星一塊跳一塊笑，像個淘氣的小男孩。小嵐驚訝地看着萬卡，才知道原來他也有如此活潑開朗的一面。

「小嵐公主，快來，我教您放風箏！」利安不知從哪找來了一隻蜻蜓風箏，朝小嵐大喊着。

「哎！」小嵐高興地應着，趕緊跑過去。

「你會放嗎？」小嵐看了看不遠處扯着風箏應付自如的萬卡，問利安。

利安說：「很容易呢！今天有風，是放風箏的好天氣！」

利安拿着線圈，叫小嵐拿着風箏跑到幾十步開外的地方站好，他大喊一聲：「放手！」

　　風箏飛起來了，利安扯着線一邊後退一邊放線，風箏乘風飛起來了。小嵐正開心，突然，風箏左右搖擺，眼看要栽下來了。

　　小嵐急忙叫起來：「要掉啦，要掉啦，快收線！」

　　利安趕緊把風箏收回來，誰知道「撲」一聲，線斷了，風箏忽悠悠地掉了下去。

　　小嵐很着急：「糟啦，風箏掉了！」

　　利安把線圈往地上一扔，説：「我去找！」

　　小嵐説：「我跟你一起去！」

　　兩人一起朝着風箏掉下的方向跑去。那是一條彎彎曲曲的小徑，小徑兩旁是一片密林，外面燦爛的陽光被遮擋了大半，只能透過枝葉間隙，把斑駁的樹影投在小路上。

　　也許這是首相府最偏僻的地方了，周圍一個人影也沒有，耳邊除了沙沙的風吹樹葉聲，就是偶爾幾聲鳥叫聲。

　　「啊！」小嵐不小心被一條橫過路面的樹根絆了一下，差點摔倒，利安急忙伸手抓住她的胳膊。

　　利安乾脆拖住她的手，小嵐也不拒絕，兩人手拉

手，在小徑上走着。

「噢，我看見了！風箏在那裏！」小嵐指着一棵梧桐樹大喊起來。

果然，那棵梧桐樹的樹梢上，就掛着那隻綠色的蜻蜓風箏！

利安説：「我爬上去拿！」

樹太高，樹幹又太直太滑，利安爬了幾次都滑下來了，手掌心也被劃了幾條血痕。小嵐忙阻撓説：「算了，我們再想辦法好了。」

「有了，剛才在碼頭見到一根長竹竿，我去拿來。」利安突然想到了什麼，他對小嵐説，「您在這裏等我，我一會兒就回來。」

利安邁開大步跑走了。

小嵐站着無聊，便沿着小路向前走去，走了約幾十米，眼前突然豁然開朗，咦，原來已是小路盡頭了。

前面有一幢灰色的兩層的房子。房子十分殘舊，跟豪華的首相府極不協調，而且孤零零地隱藏在這樹林深處，小嵐心裏不由得打了個問號。她觀察了一下，大門口、窗台上，都掛滿了蜘蛛網，不像有人居住。正疑惑間，小嵐聽到利安着急的呼聲：「公主，小嵐公主，您在哪裏？」

62

「哎！」小嵐急忙沿着小徑跑回去。

利安手裏拿着一根長竹竿，一見小嵐，便鬆了一口氣：「嘿，嚇死我了，您跑哪裏去了？」

小嵐説：「我剛才在這小路盡頭見到一幢破舊的房子，是住人的嗎？」

「噢，那是一幢鬼屋呢！」利安説，「聽説很久前住過一個瘋子，後來去世了，就沒有人住了。聽僕人們説，那裏常鬧鬼。」

「鬧鬼？」小嵐眼睛睜得大大的。

「是呀！聽説有一次，鬼屋裏還傳出哭聲，非常凄厲恐怖。」

「你進過鬼屋嗎？」

「有啊！有一次，我和妮娃瞞着爸爸媽媽，偷偷跑了進去。但裏面又黑又髒，除了一些破爛傢具，就什麼也沒有了，我們就趕緊跑出來了。哎，別盡説那鬼屋的事了，我們趕快把風箏弄下來吧！」

利安舉起竹竿，很快把風箏挑下來了，兩人沿着小路走回了草地。草地上，只有萬卡一個人，他把那隻蝴蝶風箏放得高高的，在藍天白雲中分外奪目！

而那兩個小不點——曉星和妮娃，卻不知跑哪去了。

小嵐跑到萬卡身邊，高興地說：「嗨，萬卡，你讓我過過癮好嗎？」

　　萬卡馬上應道：「是，公主！」

　　哎，風箏怎麼一到小嵐手裏就不聽話，馬上搖搖晃晃就往下掉，嚇得小嵐嗚哇大叫。萬卡卻顯得氣定神閒，笑着說：「你把線圈給我。」

　　萬卡抓住線圈，往相反方向跑了起來，風箏又扭着身子往上攀升了，升得比剛才還高呢！

　　「萬卡，你好厲害！」小嵐高興得摟住萬卡的肩膀一跳一跳的。

　　粗心的小嵐一點沒發覺，站一邊的利安，臉上一副失落樣子呢！

第 8 章　地下室裏的瘋女人

晚上，小嵐睡在首相府一個很豪華的房間裏。

睡不着。眼前老晃動着那座又破又舊的房子。她在想，要是在自己的小説裏出現這麼一座舊屋，裏面會有什麼東西呢？

唔～～

有寶藏。裏面其實藏着一筆鉅款，或者一批珠寶。那是一名江洋大盜逃走時，來不及帶走的；

也可能有隻被人謀殺致死的冤鬼。這隻冤鬼冤魂不散，躲在那裏，時不時出來遊蕩，希望遇到個清官大老爺或大俠什麼的，給他報仇雪恨；

但如果，萊爾首相真的牽涉進烏莎努爾許多解不開的謎之中，那這房子裏又會有什麼呢？

小嵐「騰」地坐了起來。趁萊爾首相夫婦不在家，去那鬼屋看看！

半夜三更的，一個女孩子……小嵐再膽大，也有點膽怯。對，找上曉星，和曉星一塊去。

小嵐穿好衣服，又在抽屜裏翻出一支手電筒，然後悄悄地出了房間。

曉星睡眼惺忪地出來開門，一聽是去鬼屋探險，眼睛馬上睜得大大的：「去！去！」

首相府好大，首相府好靜，耳邊只聽得「悉悉悉」的蟲鳴。小嵐和曉星好不容易找到了白天放風箏的地方，小嵐再憑記憶去找那條林蔭小道。好幾次去了又返，條條小路都像白天走過的，但走到盡頭卻沒有什麼舊房子。

他們又累又睏，有點洩氣了，於是決定：如果走完腳下那條小路再找不到，就回去睡大覺了。

走呀走，小嵐突然噢了一聲，前面黑糊糊的，不就是那座鬼屋嗎？終於找到了！兩人高興地一擊掌，然後悄悄朝舊房子走了過去。

用手電筒照了一下，那道大門是虛掩的。小嵐鼓起勇氣去推門，也許是許久沒人去過，門鉸都生鏽了，「咿呀」，發出刺耳的聲音。

屋裏黑糊糊的，兩人都有點緊張，小嵐抓住曉星的手，兩個人躡手躡腳進了屋裏。

曉星突然叫了起來：「有鬼啊，我被網住了！」

小嵐嚇了一跳，趕緊用手電筒照照曉星，不禁「嗤」地笑了起來：「哪有鬼？你一頭一臉都是蜘蛛網呢！」

我不是公主

「媽呀！我最怕蜘蛛了！」曉星手忙腳亂地在臉上亂抓一通，把那些蜘蛛網都扯了下來。

擾攘了好一會，兩人才開始觀察屋內情況。這是一幢覆式住宅，樓下約有一千多呎，裏面全堆滿了雜物，亂七八糟的，還發出一股霉味。

曉星掩着鼻子，説：「我快透不過氣了，我們快上二樓看看，看完就走。」

兩人從樓梯跑上二樓，二樓情況好多了，還像個住人的樣子。一進去是個大廳，靠邊有四個房間。大廳陳設很簡單，屋角有個大屏風，屏風前面有張書桌，旁邊放着書櫃，另外還堆放了一些雜物。小嵐走到書桌前，伸手摸摸桌面，灰塵足有一寸多厚，肯定很久沒住人了。

小嵐對曉星説：「來，我們一人負責一頭，把那些櫃子、抽屜全部翻一遍，看看有沒有可以研究的信呀日記呀等東西。」

十幾分鐘後，他們又碰頭了，除了黏了一身灰塵一臉蜘蛛網外，一無所獲。抽屜裏光光的，書櫃裏也光光的，倒好像曾經發生過一場大搜掠一樣。

曉星説：「衣櫃裏倒有些衣服……」

小嵐一聽馬上説：「是嗎？帶我去看看！」

曉星說：「都霉掉了！我一碰，就掉了一顆紐扣，再一碰，又掉了一隻袖子……」

小嵐說：「從衣服可以看出房子有什麼人住過呢，真笨！」

曉星拍拍腦袋：「噢，我怎麼就沒想到呢！」

衣櫥裏掛着十幾件衣服，小嵐小心翼翼地一件件看過去，全是些女裝衣服。雖然已經殘舊不堪，但從牌子上還是可以看得出，都是些昂貴的名牌。可以肯定，這裏應該住過一位身分不低的女性。

一位有身分的女子，為什麼要一個人住在這裏呢？她現在還在生嗎？要是死了，那為什麼這地方還留着？一座如此豪華的首相府，為什麼要留着這樣一座頹敗的舊房子呢？

太多太多的疑團了！

小嵐正在呆想時，有人扯了扯她的衣袖，是曉星。他半閉着眼睛，說：「小嵐姐姐，該看的都看了，我想回去睡了。」

「好吧！」小嵐無奈地說。

曉星領頭下樓，走出了大門口，小嵐隨後，但當她關好那道沉重的門時，一轉身，發現曉星不見了。

小嵐嚇壞了，莫非讓鬼擄去了，忙小聲喊了一下：

69

「曉星！」

「嗯！」含混不清的聲音從房子一側傳來，小嵐用手電筒一照，嗨，這小子，迷迷糊糊的走了相反方向，沿着房子轉到屋後去了。

「嘿！」小嵐追了上去，追到屋後面才把他拉住。

可是，那傢伙又順勢一屁股坐到了草地上。

「哎喲！」他又馬上摸着屁股跳了起來，把小嵐嚇了一大跳。

曉星這回可是雙眼圓睜，睡意全無了。他摸着屁股，哎喲哎喲地叫着：「好痛好痛，這地下有什麼鬼東西，硌得我⋯⋯」

小嵐聽了，馬上蹲下來，用手電筒仔細照着剛才曉星坐下去的地方。

咦，有個鐵環！這鐵環被草遮住了，要不是曉星被它硌痛了，還很難發現呢！這時，曉星也蹲了下來：「啊，原來是你這壞東西把我弄痛了！」

小嵐用手撥開小草，發現鐵環連着一個蓋子。

小嵐說：「這草地為什麼會有個蓋子呢，如果讓我安排小說情節的話，我會寫這鐵蓋子下面是個洞口。」

曉星興奮地說：「那你記得寫上，這個洞是一個很帥氣的男孩子發現的。」

小嵐説：「可以啊，但這個男孩得幫忙把蓋子揭開。」

曉星捋起袖子：「沒問題，小嵐姐姐，我們一塊來拉！」

兩人喊了一聲：「一、二、三！」

嘿，鐵蓋拉起來了。

蓋子下面，露出了一個方方的洞口！

「是個洞口！」曉星興奮地叫了起來。

「噓～～」小嵐小聲説，「輕聲點，有燈光！下面可能有人呢！」

洞口處有石級，一直向下延伸。小嵐對曉星説：「來，我們下去看看！」

小嵐剛要步下石級，曉星一把拉住她，説：「可能裏面有怪物或者壞人呢！我是男孩子，我先下去！」

沒等小嵐答應，他就先走下了石級。小嵐只好乖乖地跟在他後面。

他們小心翼翼地，一級一級地往下走，生怕突然有什麼東西竄出來。幸好有驚無險，終於走完了那二十級台階。

雖然燈光很微弱，但仍可看清裏面的東西。陳設跟剛才去過的二樓差不多，有屏風、書桌、書櫃，甚至還

有一台電視機。由於光線陰暗，那些傢具又以黑色為主，所以顯得有點陰森可怕。小嵐觀察了一下，小聲說：「這地方應該有人住的，你看，地方很乾淨呢！」

正在這時，屏風後面突然傳出喃喃的自語聲，接着又傳出笑聲，那笑聲很尖利，很古怪，就像用硬物在玻璃上刮時，發出的那種刺耳的聲音。

小嵐和曉星只覺得毛骨悚然，正驚慌間，一個黑影嗖地從屏風後面跑了出來，很快衝進了一個房間，又砰一聲把門關上了。

「鬼啊！」曉星抓住小嵐的手，跳上石級就要跑。

「嘿，這世界上哪有鬼的！」小嵐被他拖了幾步，又站住了，「我們不能走！也許，這間屋子，這個黑影，能幫我們解開很多謎。」

曉星猶豫了一下，又點頭說：「是，不走！我聽小嵐姐姐的！」

小嵐說：「我們去那房間看看！」

兩個人拉着手互相壯膽，躡手躡腳地往那房間走去。

小嵐用手推了推門，門關得緊緊的。她拍拍門：「裏面是誰？能跟我們談談嗎？」

裏面靜悄悄的，沒人答應。

曉星又叫：「哈囉，請問，你是人嗎？」

「嘻嘻……」有人在笑，可以聽出是個女人的聲音。

小嵐和曉星互相看了看，又驚又喜。

小嵐又說：「我們是好人，我們不會傷害你的，你打開門好嗎？」

「嘻嘻！嘻嘻！啊──」笑聲突然變成慘嚎，在寂靜中分外恐怖。

小嵐和曉星嚇壞了，彼此都感覺到對方的手冰涼冰涼的。

「啊～～」嚎叫變成哭聲，更令人毛骨悚然。

「是個瘋子！」小嵐和曉星對望了一眼，再也按捺不住了，不約而同喊了一聲，「跑呀！」

兩人轉身跑上石級，奔出地面。曉星生怕那人會追出來，用力把蓋子一推，把洞口嚴嚴地蓋上了。

慌不擇路地跑了很遠，直到回到那片被燈光照得明晃晃的草地，兩人才停了下來，一屁股癱倒在地上。

小嵐喘着氣說：「今、今晚的事，別跟任何人說！連妮娃都、都不能！」

「連妮娃都不能說？」曉星好像有點勉為其難，但還是點了點頭，「好吧，我不說。」

73

小嵐又説：「改天，我還要去那裏。那屋子，那瘋女人，一定有什麼不可告人的秘密！」

「啊，還去？！」曉星瞪大眼睛。

小嵐瞪了他一眼：「害怕了？剛才不知道是誰説，『我是男孩子……』」

「我沒説不去嘛！」曉星説，「我捨命陪小嵐姐姐！」

小嵐一晚上盡在做噩夢。

夢中，她被一個瘋女人追趕，她拚命地跑啊跑啊，可是一雙腳好像有千斤重，怎麼也跑不快，結果被那女人抓住了。女人一邊嘻嘻笑着，一邊用手去捏她的鼻子，抓她的頭髮，她想喊，但不知為什麼卻喊不出聲……

小嵐嚇出一身冷汗，猛睜開眼睛，真的有一個人在捏她的鼻子。原來是妮娃。

「醒了醒了，公主姐姐醒了！有人跟我玩了！」妮娃高興地拍着掌。

「搗蛋鬼，你把我嚇壞了！」小嵐用手捂着胸口，埋怨説。見到小妮娃一臉天真的樣子，小嵐又不忍罵她，便問：「現在幾點了？」

妮娃大驚小怪地説：「現在都快吃午飯了！公主姐

姐真是大懶蟲！」

「啊！」小嵐嚇了一跳，趕緊一骨碌爬起來。

「曉星也是大懶蟲，他到現在還沒起來呢！」妮娃撅起小嘴說，「我拿小草去捅他的鼻孔，他打個噴嚏，又睡了，真氣人！」

妮娃哪裏知道，小嵐和曉星是半夜時分才睡下呢！

小嵐忙起來洗臉刷牙，這候，一個女傭過來，請公主和妮娃去用午膳。

小嵐坐下好一會，曉星才睡眼惺忪地走來，他是讓妮娃「押送」來的，他一邊走一邊還嘟嘟囔囔的，好像在說夢話。

首相夫婦還沒回來，餐桌上只有小嵐、曉星和利安兄妹。小嵐見萬卡的位置空着，便問：「萬卡回宮裏去了嗎？」

利安說：「是呀，他說手沒什麼了，回去看看。」

妮娃一直在教訓曉星：「你看你，老是沒睡醒似的，像個傻瓜！你昨晚沒睡好嗎？你上哪去了？」

曉星一下精神起來，興致勃勃地說：「昨晚呀……哎喲！」

是旁邊的小嵐狠狠地踩了他一腳。

曉星一下跳起來：「小嵐姐姐，你幹嗎……」

小嵐截住他的話：「我想你清醒點呀！」

曉星嘟嘟嘟囔囔的，用手揉着腳。

一隊傭人魚貫而上，送上了豐富的午餐。曉星被美食吸引了，他忘了講昨晚的事，當然連腳痛也忘了。

餐桌旁的兩個男孩子，利安殷勤地給小嵐揀好吃的，曉星卻專心地給自己挑好吃的，把妮娃氣得撅着嘴，還是小嵐給曉星使了個眼色，他才一邊塞食物進嘴裏，一邊給妮娃送食物。

利安給小嵐挑了很多食物，然後才坐下來，笑瞇瞇地看着小嵐開懷的吃相。

也難怪，這小嵐和曉星，連早飯都沒吃呢！

利安愉快地說：「公主，您在這裏多住幾天，我們去放風箏、騎單車、打網球好嗎？」

「嗯！」小嵐嘴巴塞得滿滿的，含含糊糊地回答着。

利安高興地說：「那我們說定了，我來安排節目，保證您玩得開心！」

利安說得高興，立即跑去找來紙筆，寫啊寫的，真的訂起活動計劃來：「今天……明天……後天……」

「嘿嘿，活動這麼豐富，我乾脆搬來住好了！」

小嵐只是開玩笑，沒想到利安卻高興得兩眼放光

芒：「真的！那太好了，反正我們這裏房間多的是，您喜歡住哪就住哪！」

小嵐盯着他，心想，這小子怎麼啦，我隨口説説，他就當真啦！

這時候，有個男傭人匆匆進來報告：「首相大人和夫人回來了。」

利安一聽馬上吩咐道：「你去告訴膳房總管，讓他們多燒幾個菜！」

男傭人答應了聲「是」，退出去了。

一會兒，萊爾首相和夫人進來了，看來他們已換過了衣服，梳洗過，所以一點看不出旅途勞累的樣子。

兩人向公主問安後，首相説道：「公主光臨寒舍，老臣深感榮幸，不過，公主實在不宜在此久留，等會吃過飯，宮裏會有車來接您回去。」

小嵐一聽很不高興，説：「首相，難道您不歡迎我在您家作客嗎？」

萊爾首相馬上説：「公主請勿誤會！因為離開王宮後，公主的安全就得不到保障，加上您連一名衛士都沒帶，如果有什麼差池，老臣擔當不起。」

小嵐沒再説話，只是一臉不高興。

飯後，小嵐坐上王宮派來的車，回宮去了。瑪亞一

77

見小嵐便說：「公主，賓羅先生想見您，我讓他在書房等您呢。」

小嵐點點頭：「好的，我馬上去書房。」

曉星跟在小嵐後頭：「小嵐姐姐，我們好不好把在萊爾首相家見到瘋子的事告訴賓羅伯伯？」

小嵐說：「當然不好！我們還不知道他是忠是奸呢！」

曉星嘟嘟嚷嚷地說：「其實伯伯多好啊，怎麼會是壞人呢！」

小嵐歎了口氣，說：「我也希望他是好人呀！如果有他幫忙，我們就不用孤軍作戰了。」

說着說着就到了書房，賓羅先生正坐在沙發上看一本什麼書，一見他們進來，馬上起立，說：「公主，您回來了？」

「嗯！伯伯請坐！」小嵐坐到賓羅先生對面，問，「伯伯，找我什麼事？」

「公主，這是國會討論的記錄，議員們都希望您在登基前多了解一點烏莎努爾文化。」賓羅先生遞給小嵐一份文件，又說，「我已經替您找了位老師，他一會兒就來見您。」

小嵐苦着臉：「啊，現在每天學說烏莎努爾語，腦

袋都已經塞得滿滿的了。」

曉星説：「小嵐姐姐，伯伯都是為了你好呢，頂多我當你的陪讀吧！」

這時候，有人在門口按鈴。賓羅先生説：「咦，老師來了！」

曉星去開門，只聽他大喊一聲：「萬卡哥哥！」

那大步走進來的正是高大英俊的宮廷侍衛隊長萬卡。

他向小嵐微微鞠躬：「公主殿下！」

曉星笑嘻嘻地看着萬卡，走過去友好地拉着他的手，自從萬卡在香島酒店「英雄救美」，把從高空掉下來的小嵐救起，他就把萬卡當超人一樣去崇拜了。

小嵐心裏其實很喜歡賓羅先生給她找的老師，但還是故意問：「他能當我老師嗎？」

「當然可以。別看萬卡年紀輕輕的，他已經在國外拿了兩個學士文憑，最近又在本國攻讀本土文化，拿了個碩士學位呢！」賓羅先生説。

曉星仰慕地看着萬卡：「萬卡哥哥，你知道嗎？我現在有兩個偶像了！」

萬卡好奇地問：「是嗎，哪兩個？」

曉星神氣地説：「一個是小嵐姐姐，另一個就是

你。」

「我？！」萬卡笑了起來，「謝謝！」

賓羅先生對小嵐說：「怎樣，還滿意這個老師吧！」

小嵐說：「噢，還好！」

曉星對賓羅先生說：「伯伯，我要做姐姐的伴讀，行嗎？」

賓羅先生說：「你問公主吧。」

「你嘛……」小嵐睨了曉星一眼，「不行！你有破壞沒建設！」

曉星搖着小嵐的胳膊：「姐姐，好啦！好啦！」他又拉着萬卡的胳膊晃：「萬卡哥哥，你幫我說說好話呀！」

萬卡為難地看了小嵐一眼，想說什麼又止住了。

小嵐見這樣，忙說：「好吧好吧，麻煩鬼！不過，要是擾亂課堂秩序，就隨時革退！」

「知道！」曉星十分雀躍。

賓羅先生笑瞇瞇地看着他們，說：「那學習就從明天開始吧！公主早點休息。」說完，就跟萬卡一起走了。

小嵐關上書房門，對曉星說：「喂，今晚我想再去

一趟首相府。」

　　曉星為難地說：「還去？我看萊爾首相好像不大歡迎我們。」

　　小嵐說：「咦，你也覺得呀！但他越這樣，我越覺得他心裏有鬼！」

　　曉星點頭道：「是心裏有鬼！」

　　小嵐說：「那個瘋女人究竟是誰？為什麼把她一個人藏在地下室？所以，我想今晚再去一次首相府，把這事查個水落石出！」

　　曉星拍拍胸口：「好，我聽姐姐的！」

　　「好，今晚十二點，花園裏小涼亭見！」

81

第9章　從地下室出來的人

十二時正。小嵐悄悄起了牀，她打開落地窗的門，走出了花園。

小涼亭裏，曉星在柱子後面鬼頭鬼腦地看着，見到小嵐出來，便猛朝她揮手。

小嵐走近，又打手勢讓曉星跟她走。兩人一直走進車房。

啊，簡直是名車大展覽！什麼平治、保時捷、林寶堅尼，應有盡有。曉星很感興趣地摸摸這輛，摸摸那輛，說：「姐姐，雖然這些東西都是屬於你的，但你沒有鑰匙啊？」

「鑰匙沒有，有這個！」小嵐掏出一條小鐵絲。她走近一部寶馬，蹲下來用鐵絲鼓搗了幾下，再一拉車門，哈，真神奇，車門馬上開了。

「這可是劉警長教我的絕活，了不起吧！」小嵐坐進車子，得意地說。

劉警長是小嵐在香港時認識的朋友，他們在一起討論過不少案件，曾一起研究不法之徒的犯罪手法。

曉星雀躍地說：「哇，姐姐好厲害，你以後不當公

82

主，可以當神偷呢！」

曉星開心地坐上了車前座司機位旁邊，他一邊繫安全帶，一邊問：「姐姐，那你準備上哪兒去偷個司機來呀？」

小嵐一屁股坐到司機位，說：「我就是司機！」

曉星嚇得叫起來：「啊，你？救命！」

「別慌！我在香港學過開車的，只是沒正式去申請駕駛證。」小嵐瞪了曉星一眼說，「不敢坐就下車去！膽小鬼！」

「我才不是膽小鬼呢！」曉星怕小嵐說他膽小，便硬着頭皮說，「坐就坐，你開車呀！……不過，等等！」

曉星說完，趕緊打開車門下了車，鑽進車後座。嘴裏還小聲嘀咕說：「坐後面，會死得沒那麼難看。」

「你說什麼？」小嵐把眼睛一瞪。

曉星趕緊說：「沒什麼，我說姐姐開車，我放心。」

「坐好！」小嵐一踩油門，車子呼一下就向前衝，嚇得曉星趕緊抓住車頂上的扶手。

車子來到王宮大門口，兩個衛士攔住，要查看證件。

83

小嵐打開車門下了車，那兩名衛士一見，忙說：「啊，是公主殿下！對不起，剛才沒看清楚是您！」

「不要緊！」小嵐笑笑說，「你們會開車嗎？」

兩位衛士異口同聲地說：「會！」其中一位長着一副娃娃臉的還特意補充了一句：「在烏莎努爾，幾乎人人都會開車的。」

小嵐滿意地點了點頭，她指了指娃娃臉：「那好，你替我開車吧，我要出去一下！」

「行！」娃娃臉有機會替公主開車，覺得很榮幸！

小嵐拉開車後座門，和曉星坐一塊。

「哦，姐姐，原來你剛才是嚇唬我！」曉星這才放下心，笑嘻嘻地說。

小嵐朝他擠了擠眼睛：「我想試試你的膽量呢！幸好你沒臨陣退縮。」

曉星拍拍胸口：「當然，我曉星是這樣膽小的人嗎？」

「不膽小？那你幹嘛還抓着車扶手？」小嵐似笑非笑地說。

「噢！」曉星趕緊放開手。

這時候，娃娃臉問：「請問公主，您要去哪裏？」

曉星答道：「去首……」

小嵐忙打斷他的話：「你沿着大路走，到了我會告訴你。」

她又朝曉星使了個眼色。曉星伸了伸舌頭，這次夜探首相府，小嵐說過是要保密的呢！

車子馳出宮門，轉入一條寬敞的大馬路，娃娃臉的開車技術很好，車子不快不慢，沒有一點顛簸的感覺。

曉星想起剛才娃娃臉說差不多人人會開車的那句話，便好奇的問：「這裏很多人都有車嗎？」

「是呀！」娃娃臉自豪地說，「烏莎努爾是一個富裕的國家，幾乎每家每戶都有私家車。」

「小嵐姐姐，你的國家真了不起啊！」

「當然！」小嵐得意地說。

小嵐還想說什麼，突然發現前面不遠就是首相府，忙叫道「停車！停車！」

娃娃臉把車子穩穩停下，小嵐下了車，對娃娃臉說：「你就在這等我們。」

娃娃臉說：「是，公主！」

小嵐拉了曉星一把，說：「走！」

曉星問道：「姐姐，我們從首相府正門進去嗎？」

小嵐說：「笨蛋，那不驚動萊爾首相了嗎！我們爬牆進去。」

說話間已來到首相府圍牆外面，兩人一路沿着圍牆邊走，曉星邊走邊問：「我們該在哪裏爬進去呢？搞不好，一爬進去，就馬上被人抓住了！」

小嵐說：「少囉嗦，我認得地方。」

正說着，小嵐喊了一聲：「這裏就是！」

曉星抬頭一看，他們站立的地方跟附近並沒有兩樣，都是兩米多高的圍牆，牆裏面是大樹。

小嵐踮起腳，從低垂的樹枝上扯下一縷什麼，曉星拿過一看，是放風箏的線。曉星有點疑惑，不知這縷線跟小嵐確定的方位有什麼關係。

小嵐說：「昨天我和利安放風箏，線斷了，風箏落到一棵樹上。我是去找風箏時，發現那幢房子的。」

「我明白了！這些線，就是當時留在這棵樹上的。」曉星興奮地說，「我們從這進去，就可以很快找到鬼屋了。」

小嵐點點頭。她抬頭看看，圍牆有她一個半人高，怎樣才能爬上去呢？

她看了看瘦小的曉星，便說：「來，你站到我肩上先爬上去，然後拉我上去。」小嵐說完，便蹲了下去。

「站你肩上？」曉星猶豫起來。小嵐並非壯實女孩呀！

小嵐説：「快點，等會有人走過，就麻煩了！」

曉星只好站到小嵐肩上，小嵐扶着牆，往上一使勁，哈，站起來了。

曉星爬上圍牆，又把小嵐拉了上去。兩人看看左右沒人，便跳到圍牆裏面。

小嵐觀察了一下，小聲説：「那前面黑糊糊的就是鬼屋。」

兩人走到鬼屋前，又順着牆壁，準備繞到屋後面。突然，小嵐聽到一陣響聲，從洞口方向傳來。她趕緊停住腳步，又一把拉住曉星，兩人閃到一棵大樹後面。

月光下，他們見到一個人揭開蓋子，從洞口鑽出來。因為是背光，看不清臉孔，只是可以知道這人年紀一定不小了，腿腳有點笨拙。他小心地走出地面，又回身蹲下，把蓋子蓋好。

就在他一轉身的時候，他的一張臉在月光下暴露無遺。小嵐和曉星差點大聲喊起來——是萊爾首相！

萊爾首相好像怕被人看到，站在那裏東張西望一番，然後才輕手輕腳地離開。

兩人一動不動地躲在樹後，大氣都不敢出。因為萊爾首相正朝他們迎面而來，稍有不慎都會讓他發現。幸好，萊爾首相在離他們一米遠的地方走過了，拐進了那

條林中小路。

聽着萊爾首相踩着乾樹葉發出的「悉悉索索」聲越去越遠，小嵐和曉星才鬆了一口氣。

兩人不敢貿然跑出去，擔心萊爾首相去而復返。又等了幾分鐘，聽到周圍一片死寂，他們才躡手躡腳地走了出來。

此刻，兩人腦子裏都有很多問號：萊爾首相跟那瘋女人是什麼關係呢？為什麼要半夜三更一個人跑來，彷彿要瞞住全世界似的！

小嵐拉拉曉星，兩人走到洞口，也許，再探一次地下室，就能把這個秘密揭開。

曉星搶先蹲下去，用手撥開青草，找着了那個鐵環，用力一提。

噢，蓋子沒能提起，怎麼回事？小嵐蹲下一看，蓋子上竟加上了一把鎖！

曉星說：「姐姐，快使出你的開鎖天分」

「我沒有工具。」小嵐搖搖頭說，「我們先回去吧，回去再想辦法。」

小嵐和曉星回到停車處時，娃娃臉正在打瞌睡，一見到兩人回來，馬上抖擻精神，問道：「公主殿下，您還想去哪裏？」

小嵐說：「回王宮吧！」

娃娃臉應道：「是！」

娃娃臉穩穩地發動車子，把兩人送回王宮。從車庫出來時，小嵐對娃娃臉說：「你別把我出去過的事說出去，知道嗎？」

「放心吧，公主！」娃娃臉機靈地應道，「公主微服出巡視察民情，當然要保密了！下次公主再想出去，我一定再為您効勞！」

「對對對，微服出巡，你真聰明！」小嵐用力拍拍娃娃臉的肩膀，以示讚賞，然後對曉星說：「到書房去！」

小嵐和曉星一人躺在一張沙發上，眼睜睜地看着天花板，想着剛才發生的事。

曉星首先按捺不住了，他問小嵐：「姐姐，你怎麼看剛才見到的事？」

小嵐說：「如果我寫小說，故事發展下去一定是萊爾首相在保護一個人。很多人因為某種原因要害這個人，而萊爾首相把她藏起來，還故意散播鬼屋的故事，不讓人走近這裏。」

曉星點點頭，說：「有可能！但現在地下室被鎖上了，我們進不去，沒法再進一步了解情況……」

「唉！」小嵐歎息說，「有誰能幫我們呢？！」

「我們去找伯伯吧，他肯定能幫忙。」曉星說，「我覺得伯伯一定是好人，他拿錢給那個滿剛，肯定有他的原因，但絕對不是出於壞心腸。」

小嵐說：「我也這樣想，但問題沒弄清之前，我們還是不能把我們的發現告訴他。因為如果伯伯是好人的話，他一定不會讓我們冒險去追查地下室女瘋子的事。如果他是壞人，就更會把事情弄糟。」

曉星點點頭：「小嵐姐姐說得也對，是不能跟伯伯說。」

「那個女人是誰？她和萊爾首相究竟是什麼關係？唉，好複雜啊！」小嵐自言自語地說。

第10章　路邊的女孩看過來

今天是小嵐的第一堂烏莎努爾文化課。小嵐和曉星吃完早餐來到書房時，見到萬卡早已在書房外面的小廳裏等候了。小嵐看看手錶，是七點五十分。

小嵐苦着臉説：「萬卡，求求你明天別太早來。學那些東西好悶。」

「別擔心！」萬卡笑笑説，「今天的課不用坐在這裏，我會帶您到外面上。」

曉星一聽便拍起手來：「太好了！」

小嵐忙説：「那還不快走！」

一行三人走到車庫，萬卡把他們帶到自己那部黑色的林寶堅尼前面。

「哎，車匙呢？」萬卡摸了摸口袋，他又説，「一定是忘在您的書房了，我回去拿。」

「萬卡哥哥，不用啦，叫小嵐姐姐開就行！」曉星説完，拉着小嵐説，「姐姐，快施展你的手藝！」

萬卡莫名其妙地看着他們。

「去你的，什麼手藝！」小嵐慌忙推開曉星。她不想讓萬卡知道她的小伎倆。「我叫瑪亞派人送來就

是。」

小嵐給瑪亞打了個電話，瑪亞馬上叫侍女把車匙送來了。

萬卡開車很穩，坐在上面很舒服。馬路很寬闊，車子不多，可以悠悠然地仔細欣賞兩旁的景致。

馬路兩邊盡是些一幢一幢的小樓房，全部三層高，設計很新穎，每幢樓都稱得上是一件藝術品。

曉星很感興趣地問道：「萬卡哥哥，這些小樓房都是有錢人的別墅嗎？」

萬卡說：「不，這些都是普通市民的居所。」

曉星眨巴着眼睛說：「你們的國民真有錢啊！」

萬卡自豪地說：「烏莎努爾是一個福利國家，市民享有很多優惠。比如說這些房子，全部是由政府無息貸款興建的，市民可享有長達二十年還款期。」

「那真是不錯啊！記得我媽媽講過，我們香港的房子跟銀行貸款，十五年還清時，足足付了房子原價一倍多的錢呢！」小嵐又問，「這裏看病要給錢嗎？」

萬卡回答說：「只須交十塊錢掛號費，之後的藥費，或者住院費手術費都全免。」

曉星搶着問了一個最關心的問題：「這裏讀書要交學費嗎？」

萬卡沒馬上回答，他專注地把車子拐進了一條海灣大道，才答道：「當然不用。全民教育，政府鼓勵國民讀書。不但不收學費，而且……」

曉星搶着說：「不是還有錢給吧？」

萬卡笑道：「你說對了。每位上學的學生，政府會發給伙食津貼。」

「哇！發達了！」曉星十分雀躍，「我可以用爸爸給的錢買部最棒的遊戲機囉！」

「啊！不錯，真不錯！」小嵐又有點擔心地說，「這樣國家的福利開支會很大，能負擔得來嗎？」

「綽綽有餘呢！」萬卡指指大海中間那些平台，「看見那些石油鑽井嗎？那是我們的福利來源。每一桶石油，就是一桶鈔票……」

「烏莎努爾萬歲，萬歲！」曉星不禁歡呼起來。

「你們快看！」小嵐突然驚訝地指着路邊，那裏有個十六七歲的女孩子，正坐在一個旅行箱上，「你們快看，快看，那是不是……曉晴！曉晴！！」

曉星也開心得哇哇大叫起來：「曉晴姐姐！」

萬卡馬上把車子停了下來。

馬路邊的女孩看過來，果然是曉晴！

曉晴見到有部轎車停在面前，有點發呆，直到見到

小嵐和曉星從車子裏蹦出來，才驚喜地大叫起來：「天哪，是你們呀！」

小嵐跑過去，把曉晴緊緊擁抱着：「曉晴，可想死你了！」

曉星説：「姐姐，你真是神出鬼沒呀！怎麼突然就出現了呢？爸爸媽媽知道你來嗎？」

「當然知道！」曉晴得意地説，「他們哪拗得過我！還是同意我來了。本來他們要陪我來，我怕他們煩，自己買了票，悄悄來了。給你們一個意外驚喜。」

小嵐説：「這個驚喜可真意外啊，我還以為自己看花眼了呢！」

「哈哈哈！」曉晴笑完，才説，「本來很順利，一下飛機就截了輛出租車去找你們，誰知道半路車子拋了錨，只好在這等出租車，可是總等不到。幸虧遇見你們！」

這時萬卡下了車，朝曉晴鞠了個躬：「曉晴小姐，你好！」

「你好，萬卡！」曉晴一見萬卡很高興，又指指擱在地上的旅行箱子，「能替我拿上車嗎？」

萬上説：「行！」

曉晴説：「萬卡，你真好！」

我不是公主

小嵐說：「好了，我們上車吧，曉晴也累了，早點回去休息。」

「好啊！」曉晴沒等小嵐安排，就拉開前門，坐到了萬卡身邊。

小嵐和曉星仍坐在後座。

一路上，曉晴老跟萬卡說話：「萬卡，你車開得真好，以後可以教我開車嗎？」

「萬卡，你可以帶我到處玩玩，參觀烏莎努爾風光嗎？」

「萬卡，我在這裏什麼都不懂，你可要多多提點啊！」

萬卡只是「嗯嗯」地應着。

曉星想跟曉晴說話，問問家裏情況，但總插不上嘴，好不容易才找了個空檔，他大聲問道：「姐姐，你怎麼老跟萬卡哥哥說話呀？你是不是喜歡萬卡哥哥呀？」

「去你的！」曉晴扭轉頭，狠狠瞪了曉星一眼。

小嵐瞇着眼睛，嘿嘿地奸笑着。

晚上，曉晴沒回自己的卧室，一定要跟小嵐睡。

「噢，我今天終於住進真正的王宮了！」曉晴躺在一張舒適的躺椅上，半瞇着眼睛愜意地說，「我不是在

做夢吧，真像在童話故事裏⋯⋯」

小嵐說：「還童話故事呢！世界並不是像你眼中那麼美好的。」

小嵐把來烏莎努爾後發現的怪事統統告訴了曉晴。

「鬼屋，瘋女人，真有點恐怖！」曉晴一雙受驚的眼睛骨碌碌轉了一圈，說，「依我看呀，這裏除了萬卡以外，所有人都值得懷疑！」

「好難講。」小嵐拿着小噴壺，給露台上那些花噴着水，「萊爾首相家裏有這麼多怪事，誰能保證萬卡不是知情者。」

「不會不會！我覺得萬卡不是這樣的人！」曉晴急得從躺椅上坐了起來，「他只不過是個養子，即使萊爾首相有什麼秘密，也不會跟他說的。」

「你那麼激動幹嘛！」小嵐瞪了曉晴一眼，「不過，我也覺得萬卡不像是個會同流合污的人。」

「你知道就好。」曉晴這才放心地躺了下去。

曉晴剛躺下去，又「噢」一聲跳了起來，她指着露台的玻璃門，顫抖着聲音說：「鬼，鬼啊！」

小嵐忙望向露台外面，只見玻璃門外，有個人呈大字型貼在門上。

「誰！」小嵐大喊一聲。

97

「唔……」門外有人發出怪聲。

小嵐跑去把門一拉，緊接着來個餓虎擒羊，把那人的手扭住。那人喊了一聲「救命！」一看，原來是曉星。

小嵐還沒開口，曉晴就衝過去，敲了曉星腦瓜一下：「壞小子，嚇死我了！」

「你們好暴力啊！人家跟你們玩玩嘛，犯得着又抓又打的。」曉星委屈地摸着腦袋。

曉晴説：「活該！」

小嵐倒是動了惻隱之心，摸摸曉星的頭頂説：「乖，姐姐明天請你去紫薇行宮參加舞會。」

「舞會！」曉星還未作出反應，倒是曉晴挺感興趣的，馬上追問，「請的都是些什麼人？」

小嵐説：「全是烏莎努爾爾大臣家的男孩女孩，這是議會決定舉辦的，他們希望我結識更多這裏的年輕人。」

「啊！」曉晴驚叫了一聲，「小嵐，怎麼不早跟我説，我找點時間做做面部護理！」

曉星不滿地説：「人家小嵐姐姐只説請我，又沒説請你哪！」

「好小子，別小家子氣，頂多以後你的髒衣服我包

洗了。」曉晴笑笑説。

「那還差不多！」曉星表示願意和解。

「太好了！明天我可要成為最漂亮的一個！小嵐，可以讓我在你的服裝間裏挑一套晚裝嗎？」

「去挑吧，貪靚鬼！」小嵐笑着説。

曉晴歡呼着跑進小嵐的服裝間。

「咦，不對呀！這裏有的是傭人替我們洗衣服⋯⋯姐姐，你好狡猾！」曉星轉身走去服裝間興師問罪。

99

第11章　紫薇行宮裏的歡樂舞會

　　紫薇行宮是烏莎努爾十個行宮中最大最豪華的一個，那是第十六代國王興建的，一直用作招待外國貴賓。

　　當天下午，吃過午飯後，小嵐就帶着曉晴、曉星到了紫薇行宮，一來檢查一下舞會的準備情況，二來，也想參觀一下這個聞名的行宮。

　　車子剛停下，瑪亞就笑容可掬地迎了上來。她是這次活動的負責人。

　　瑪亞首先帶他們去休歇區，那裏建了近百幢漂亮的小別墅，每間小別墅都用花做名字。小嵐和曉晴曉星住了最大最漂亮的那三幢——玫瑰別墅、茉莉別墅、仙人掌別墅。

　　瑪亞一邊指揮侍女侍候公主，一邊說：「公主，我給您匯報一下舞會的準備情況。」

　　小嵐說：「不必了！瑪亞，我對你的辦事能力很有信心！我等會兒會和曉晴他們在行宮隨便走走。」

　　「是，公主！」瑪亞又問，「公主，我派人給您帶路好嗎？」

小嵐搖搖頭說：「不用了，我們自己走就行了。」

「是，公主！那我先退下了。」瑪亞朝小嵐欠了欠身，退下了。

瑪亞剛離開，曉晴就咋咋呼呼地跑進來了：「天哪天哪！」

小嵐嚇了一跳，以為出什麼事了。曉晴激動地說：「天哪！小嵐，你知不知道，我房間裏有十幾款漂亮晚裝，全都合我尺碼的！」

小嵐還沒來得及表示什麼，曉星又衝進來了：「天哪天哪！我住了一間多有趣的房間啊，裏面有着所有限量版遊戲機帶！」

小嵐瞪大眼睛：「說你們不是兩姐弟都不行，說的話都一個腔調！」

「是嗎？！」兩姐弟呼啦一下又跑回自己房間去了。

兩名侍女服侍小嵐洗好臉，又重新化好妝，然後換了一套寬鬆清爽的T裇牛仔褲。

那兩個傢伙還沒出來，不用問，一個一定是在試衣服，一個肯定在打遊戲機。

小嵐興沖沖把那兩姐弟從茉莉別墅和仙人掌別墅裏揪出來了，要不，他們准會在裏面窩上幾天幾夜不出

來。

紫薇行宮裏真大啊！動物園、劇院、高爾夫球場，各種遊樂設施應有盡有，小嵐他們走馬觀花走了一個多鐘頭還沒走完，要不是瑪亞派人來請他們回去晚膳，曉星還死賴在動物園不肯走呢！

舞會在行宮的宴會大廳舉行。不知老國王是否有意向外國賓客顯示烏莎努爾的富庶，這裏的宴會大廳比王宮的宴會大廳還要豪華。佔地約五千呎，大廳足有十層樓那麼高，頂上幾十盞水晶吊燈全是當今最傑出的設計師的得意作品，牆上各種裝飾花紋充滿歐洲宮廷氣息，美輪美奐。

七時過後，陸續有客人坐着各種不同牌子的名貴轎車到達，年輕客人們都珠光寶氣，衣着漂亮，簡直像是一個時裝和珠寶的表演晚會。

正八點，所有應邀的客人都到齊了，打扮得體的瑪亞宣布舞會開始，她大聲說：「有請小嵐公主！」

兩名衛士推開了大廳那扇緊閉的門，小嵐款步走了出來，一邊走一邊向客人們揮手，曉晴和曉星跟在她後面。

小嵐並沒有刻意打扮自己，她頭戴鑽石皇冠，身穿一襲白色長裙，腳上一對白色的中跟皮鞋，脖子上戴着

一條珍珠項鏈，但她那種逼人的青春活力，那種高貴大方的氣質，仍把所有披紅掛綠、珠光寶氣的客人比了下去。她剛一出現，竟然令百多名客人呆了片刻，之後大家才突然爆發出一陣熱烈的掌聲。

待掌聲停止，小嵐作了簡單的歡迎詞：「歡迎各位來賓蒞臨晚會，今晚，是一次青春的聚會，是一次友誼的聚會，我們盡情跳舞，盡情暢談，盡情享受這美好的夜晚。在這裏，沒有公主與臣民，我們全是朋友，可以不拘禮節，可以沒上沒下，沒大沒小，讓我們一起跳起來吧！」

「噢！公主萬歲！沒上沒下萬歲！」小嵐話音剛落，全場便歡呼起來，本來他們都是些活潑好動的孩子，要規規矩矩遵守宮廷禮節，所謂「行有行相，坐有坐相」，那可真難為了他們。現在公主宣布可以不拘小節，真讓他們高興死了，隨着「藍色多瑙河」的舞曲響起，幾個男孩女孩已率先舞動起來了。

一個男孩過來，向小嵐鞠了一躬，說：「不知我有沒有榮幸和公主跳第一隻舞？」

小嵐一看是利安，馬上高興地伸出手，和利安跳入了舞池。

曉晴也隨即接受一位小帥哥的邀請，跳起舞來。

曉星被兩個姐姐撇下，正感委屈，突然有個女孩跑來，「嘿」一聲拍了拍他肩膀，原來是妮娃呢！

妮娃笑嘻嘻地說：「會跳舞嗎？」

曉星有點臉紅，吱吱唔唔地說：「不，不會……」

妮娃說：「不要緊，我教你！」說完，就拉着曉星的手，走進了舞池。

宴會大廳裏，樂曲聲，歡笑聲，匯成一片。

曉晴樂瘋了。她本來就是「舞林高手」，人又長得俏麗活潑，所以男孩們都爭着請她跳舞，她跳完一曲又一曲，簡直沒停過。

曉星呢，在妮娃的速成訓練下，居然也笨手笨腳地跳了起來了。

小嵐和利安跳完一曲後，就在場內走了一圈，和男孩女孩們友好地攀談，認識了不少新朋友。突然有人走近，有禮貌地問道：「公主殿下，可以跟您跳舞嗎？」

小嵐扭頭一看，是一個身材頎長的美少年，白西服白皮鞋，風度翩翩。是萬卡呢！

小嵐微笑着點了點頭，被萬卡牽着手，走進了舞池。也許是由於這一對少男少女從外型到服飾、到舞步，都太完美了，其他人都自慚形穢，他們全都悄悄停住了舞步，站在旁邊觀看。

小嵐笑着問萬卡:「怎麼現在才來?」

萬卡説:「對不起!副侍衛隊長家中有事,遲了回王宮,我不放心,等他回來了才敢離開。」

小嵐點點頭,説:「不用説對不起,你是盡職盡責而已。」

小嵐又説:「你以前來過這裏嗎?這真是一個好地方!但老這麼空置着,一年才使用那麼幾回,也太浪費了。」

萬卡點點頭:「我也有同感呢!」

小嵐説:「我有一個想法,等我即位以後,要做一件事,就是把這裏改作世界兒童村,讓一批缺少照顧的孤兒在這裏居住、學習。不論國籍,不論膚色,到他們長大成人之後,再回到自己國家,建功立業。」

萬卡眼裏露出驚訝的神情:「我真沒想到,您會這樣為那些苦難的孤兒着想!公主,我也是個孤兒,我替那些苦難中的孤兒謝謝您!」

小嵐興奮地説:「那麼,將來籌建兒童村,你也來幫忙,好嗎?」

「求之不得!」萬卡笑得很開心。

小嵐繼續説:「我還有很多想法,烏莎努爾是個富庶的國家,但如果只是將錢花在追求豪華享受上,那太

缺少意義。我想，將來可以利用我們的富有，做更多有意義的事，比如在國際上辦更多慈善事業，投資科技，設立各種科學和文學獎……」

萬卡感動地看着小嵐，好像要重新認識她。

兩人邊舞邊聊，十分愉快。好一會才發現偌大的舞池只有他們倆，小嵐大聲說：「朋友們，跳呀！」

其他人這才哄一聲又跳進了舞池。

客人們玩得很開心，一直到深夜兩點多才休息，把那些小別墅全部住滿了。到第二天早上，吃完準備好的豐盛早餐，他們才開開心心地各自離開。

等全部客人都離去後，小嵐和曉晴曉星也乘車回王宮。

一路上，曉晴都沒停過嘴。

「昨天好開心啊！我粗略計算，有十五個男孩邀我跳過舞呢！」她有點得意地看了看小嵐，又說，「那利安是個有趣的男孩，他不停地跟我說笑話，跟他一起很開心。他還說，你常到他們家玩，邀我以後也跟你一塊去！」

小嵐瞟瞟曉晴，笑說：「哈，有人芳心動了。」

「亂講！」曉晴扭轉身，猛地咯吱起小嵐來，小嵐笑得差點岔了氣。

第 12 章　她為什麼要說謊

　　小嵐的養父養母馬仲元和趙敏在嫣明苑會客室裏小聲說着話，一邊等着女兒回來。他們都心事重重的。

　　埃及的古墓挖掘工作進展順利，所以他們很快完成了手頭工作，就上烏莎努爾探望女兒來了。女兒雖然向來獨立，又聰明過人，但畢竟還未到十六歲，要管理國家大事，不知道能否擔得起這重任。夫婦倆雖然不指望能幫女兒多少忙，但也希望能給她鼓鼓勁。

　　來烏莎努爾途中，趙敏忽然想起小嵐生母來。於是，她跟丈夫商量：「我們去探望一下小嵐的生母吳月英，如何？」

　　馬仲元搔搔頭，說：「小嵐對吳月英的所作所為很反感，不是說了暫時不想跟她拉上關係嗎？我們去找她，小嵐會不會生氣。是不是等小嵐長大幾歲，懂事了，再說服她認回母親。」

　　趙敏說：「吳月英當年也是萬般無奈才把小嵐遺棄在江邊的，可能她心裏一直不安。現在女兒找到了，但又不能見面，她一定很難過。我們可以跟她說是小嵐委託我們去看她的，讓她好受些。」

馬仲元笑着説：「好吧！就依老婆大人的話去做！」

就這樣，夫婦二人輾轉去了西安，重返十六年前曾踏足的、被稱為世界四大古城之一的古老城市。

到達西安，適逢下班的高峯時段，馬路上車水馬龍，出租車在路上緩慢地駛着，他們正好可以欣賞沿途景色。西安雖然已是一個現代化城市，但一些地方仍留着古樸的模樣，那歷史悠久的大雁塔、古城牆、鐘樓等名勝古跡，在陽光的照射下顯得絢麗多姿。

車子轉入一條沿江路，趙敏突然大叫起來：「停車，停車！」

司機不知發生了什麼事，趕緊煞車，車子「嘎」地發出刺耳的聲響。

趙敏拉開車門，拉着馬仲元跑下了車，嘴裏叫着：「就是這裏，就是這裏！」

馬仲元知道她説什麼，也驚喜地説：「對對對，就是這裏！」

他們找到了十六年前發現小嵐的地方！那棵盤根交錯的百年老樹，那張長凳……

趙敏興奮地指着那張石做的長凳説：「看那張長凳，當年我們發現小嵐時，她就躺在上面！」

馬仲元走近，説：「咦，這不是當年那張了！記得當年那張是木做的，還有靠背。」

趙敏觀察了一下那張還很新的石凳，説：「對，是木做的靠背椅，好像已經十分破舊，可能後來爛掉了，所以換成石做的。」

馬仲元説：「可惜相機沒帶在身邊，要不照幾張相，回去給小嵐看看。」

趙敏笑着説：「以後有機會，乾脆帶她來一趟好了。」

兩人緬懷了好一會，才又登上出租車。

人生路不熟，兩人按着地址轉彎抹角的，直到傍晚才找到了吳月英的家。

開門的是一個中年女人，聽到趙敏説找吳月英，她忙應道：「我就是吳月英呀！你們是誰？」

趙敏一聽，馬上熱情地抓住那女人的手，説：「吳大姐，你好啊！我們是小嵐的爸爸媽媽，噢，應該説是小嵐的養父養母。」

「小嵐？」吳月英怔了一會，才説，「啊，是我女兒的養父養母。請進來請進來！」

吳月英的家好像新搬進來不久的樣子，室內裝修、傢俬都是新的。一台42寸的等離子電視機，顯示着這戶

人家頗有經濟實力。

「我們是代表小嵐來看你的。」趙敏笑着說，「小嵐她很忙，抽不出時間來。不過，等她熟悉了那邊情況，一切走上正軌後，她會來看你的。」

吳月英忙說：「她忙，就別勉強她了，有空再說吧！」

馬仲元看看四周，問：「你先生呢？」

吳月英說：「他上班去了。」

趙敏問：「聽說他是做生意的，從事哪一行？」

吳月英搖頭說：「現在沒做生意了，早幾年做傢俬生意虧了很多錢，變成窮光蛋，只好去打工了。現在開貨車，勉強養家吧！」

趙敏和馬仲元不約而同環視了一下四周，買這一廳四室的新房子可要不少錢呢，怎算「勉強養家」！

吳月英又說：「小嵐現在生活得很好吧？唉，當年我也是沒辦法才把她拋棄在江邊。後來我一直很後悔，天天都跑到那江邊，坐在那張石凳上發呆。心想，這石凳好冰涼，不會讓她着涼了吧！這石凳連靠背都沒有，該不會摔下地了吧！」

「石凳？」趙敏有點驚訝。

吳月英說：「是呀，那石凳還在呢！我每年都會在

扔小嵐那天到那裏坐坐，回憶她可愛的模樣。」

趙敏和馬仲元互相看了一眼，沒再作聲。一會兒，他們告辭了。

這吳月英有問題！她很可能並非當年拋棄小嵐的人。但是，她為什麼要冒充呢？她又是怎樣知道這件事的呢？要知道，她曾經把當年放在小嵐襁褓裏那封信的內容，一字不漏地背過出來的呀！

馬仲元夫婦擔心女兒捲進了一場什麼陰謀中去，於是，馬不停蹄，轉乘國際航班來到了烏莎努爾。

「爸，媽！」小嵐一見馬仲元夫婦，馬上激動地撲了上去，三個人抱作一團。

「哇！」突然，小嵐放聲大哭起來。

雖然她是一個堅強的女孩，但是畢竟還沒到十六歲，況且，處身一個陌生的國度，在沒有大人幫助的情況下，要面對許多複雜的問題，這也太難為她了。她一直堅強地撐着撐着，但見到慈愛的雙親，心裏那股委屈那股無助便一下爆發出來了。

「別哭，好孩子，別哭！」趙敏愛撫地拍着小嵐的背，鼻子一酸，不禁也落下淚來。

「嘿嘿，這不像我的小嵐呀！我的小嵐一向是天不怕地不怕的女中豪傑呀！」馬仲元説，「你看，把媽媽

也惹哭了！」

小嵐聽了，馬上止住了哭聲，反而去替趙敏擦眼淚：「媽媽對不起，您別哭，別哭。」

趙敏見到女兒滿臉淚痕，也掏出紙巾為她擦眼淚，母女倆好感人啊！

「好啦，雨過天青了！」馬仲元笑了，他又對小嵐說，「小嵐，爸爸媽媽有話跟你講，這裏說話方便嗎？」

小嵐說：「我們去書房吧。」

小嵐拖着父母的手，去到書房。

「爸，媽，有什麼事？」

趙敏看了馬仲元一眼，馬仲元點點頭，於是，趙敏把去找吳月英的經過一一跟小嵐說了。

小嵐大吃一驚。她一邊思考一邊說：「根據媽媽說的，我認為破綻有兩個。一是她說早幾年生意失敗，家中已很窮，而且她丈夫開貨車，也掙不了多少錢，但她哪有錢買那麼大的房子；二是十六年前那張明明是木椅，她偏說成是目前的石凳，這令人懷疑她是最近才接觸那地方……」

爸爸媽媽一邊聽她分析一邊點頭。

小嵐繼續說：「但是……她為什麼除了石凳之外，

把其他事情知道得那麼清楚？而且，她為什麼要說謊？說謊對她有什麼好處？她可並沒有向我要錢要好處啊！」

馬仲元說：「這裏面可能牽涉到一個陰謀，有人為了不可告人的目的，把十六年前的秘密告訴她，又給她好處，讓她說謊！」

趙敏說：「對，這就可以解釋她有錢買新房子的事了。」

小嵐苦惱地說：「如果她真是說謊，那就是說，她並不是我的母親！那我的母親究竟在哪裏呢？天哪，那麼多的謎團還沒有解開，現在又多了一個。」

小嵐把在香港時三次遇險，以及來到烏莎努爾後發現的怪事一一告訴了父母。

馬仲元夫婦聽得目瞪口呆，他們這才明白女兒所承受的壓力原來是那麼大。夫婦兩人不約而同伸出手，把小嵐的手緊緊握住。

馬仲元說：「好女兒，爸爸媽媽相信你一定能渡過難關的。」

趙敏接着說：「以我觀察，賓羅先生為人光明磊落，不像是個搞陰謀詭計的人。他和滿剛大臣之間的交易，或許有什麼苦衷，我覺得你要相信他。」

　　小嵐說：「嗯，在香港的時候，他對我呵護備至，就像親人一樣，我也覺得他不會是個壞人。」

　　馬仲元說：「如果有他幫助，我想事情就好辦多了。」

　　小嵐點點頭說：「我明白。不過，現在有你們幫忙出主意，我也比以前有信心多了。」

　　馬仲元和趙敏相互看看，欲言又止。小嵐見狀，問：「難道你們……」

　　馬仲元滿臉歉意：「小嵐，我們會搭傍晚七點的班機，飛往新疆樓蘭。剛接到一個電話，那裏新發現了一個古墓，考古學會委託我們去進行有關鑒別工作。」

　　趙敏撫摸着女兒的頭，說：「好女兒，對不起！」

　　小嵐低頭不語，一會兒才抬起頭，說：「沒關係！你們做的都是很有意義的事，我支持你們。」

　　說完，她一下蹦了起來，大聲說：「我們幹嘛愁眉苦臉的，想想看，你們做你們的考古學家，我做我的女王，我們各有各精彩！只要你們能不時利用一下空檔，像今天這樣飛來看看我，給我點鼓勵，我就很滿足了。」

　　她又恢復了活潑的本性：「爸，媽，我馬上請膳房做一桌好菜，我們一家三口好好吃頓飯。」

第 13 章　是誰製造了墜機意外

　　這天是星期天，賓羅先生邀請小嵐和曉晴、曉星去他府上玩。

　　外交大臣府是一座兩層高的米白色小樓。小樓底層有一個一千多呎的大客廳，客廳的擺設很中國化。桌椅全是酸枝木做的，圖案是飛鳳和遊龍；一面牆上，掛了一幅中國書法，上書一個大大的狂草「龍」字，另一面牆就掛了好些精美的黃楊木雕；一個飾物架上，放了些古玩。整個大廳給人一種閒雅的感覺，跟首相府那種金雕玉砌、富貴逼人截然不同。

　　曉星沒想到會在這裏看到漢字，不禁開心地大呼道：「小嵐姐姐，曉晴姐姐，龍字啊！龍字啊！」

　　曉晴正好奇地坐在那深褐色的酸枝椅上，感受它的光滑和清涼，聽到曉星咋呼，不耐煩地道：「別吵，我又不是不識字！」

　　小嵐就饒有興趣地研究着牆上掛着的那個立體的、線條飄逸的「飛天」，見到賓羅先生走近，笑着說：「伯伯，這些黃楊木雕好漂亮啊！」

　　賓羅先生笑着說：「我年輕時喜歡去旅行，特別喜

歡中國古樸的東西，就買回來了。」

曉星跑過來抓着賓羅先生的手：「伯伯，你這裏讓我感到好親切啊！好像在香港一樣！我想多點來玩。」

賓羅先生笑呵呵地說：「好啊好啊，反正我一個人住，怪冷清的。」

小嵐這時才想起一直沒聽賓羅先生談起過他的家人，就問：「伯伯，那您的家人呢，沒跟您一塊住？」

「我太太很早便去世了。這裏就我和兒子住，後來……」賓羅先生指着壁櫥頂上一張照片，說，「那就是我兒子。他是無國界醫生。」

照片上一名二十來歲的年輕人，正細心地替一個非洲孩子聽診。

曉星搶着說：「噢，無國界醫生，您兒子好偉大哦！他什麼時候會回來，我想跟他交朋友！」

賓羅先生突然神色黯然：「他不會回來了。兩年前，當地發生了一場瘟疫，他因為照顧病人，結果自己也染上了病，去世了。」

「啊！」三個孩子異口同聲地喊了起來。

曉星走過去，拉着賓羅先生的手，難過地喚着：「伯伯，伯伯……」

賓羅先生摸着曉星的頭，說：「你們不用替我難

118

過，兒子為搶救病人捐軀，用自己的死換回許多人的生，他死得英勇，死得值得。」

「伯伯！」

「伯伯！」

小嵐和曉晴被伯伯的話感動得熱淚盈眶，她們情不自禁跑過來，一齊摟住了賓羅先生。

小嵐說：「伯伯，今後，我們就是您的孩子……」

賓羅先生不禁眼睛也濕潤了，不住地說：「好孩子，好孩子！」

這時候，僕人端上茶點。寶羅先生忙招呼三個孩子坐下品嘗他珍藏的「雨前龍井」，還有一些美味的點心，大家相談甚歡。

小嵐這時候，已經堅信賓羅先生的為人了，她便開門見山地問道：「伯伯，我想問您一件事，我來這裏的第二天晚上，那個酒會中，您悄悄交了一筆錢給滿剛大臣，究竟是怎麼回事？」

賓羅先生瞪大眼睛：「您怎麼知道的？」

曉星說：「伯伯，是我親眼看見的呢！所以，我們怕您是壞人，很多事情都不敢跟您講。」

「哎喲，真對不起，既然你們知道了，就乾脆跟你們講了吧。小嵐公主回到烏莎努爾的當天晚上，我收到

了一封警告信，信裏說，會在公主登位那天製造恐怖事端。我怕公主有危險，便馬上找到滿剛大臣，答應給他一筆錢，讓他無論如何在國會議決前找出一個能延遲公主登位的理由。我希望這能令公主暫時避過危險，也希望能爭取時間，在公主登位之前找出搞陰謀的幕後人物，令公主無後顧之憂。知道這事的還有萊爾首相。之所以隱瞞這件事，是不想引來不必要的恐慌，更不想給公主增加壓力……」

原來是這樣！

小嵐放了心，她剛要把在首相府發現那個瘋子的事跟伯伯說，這時候，僕人來報：「大臣先生，萬卡先生來了！」

小嵐一聽，忙住了嘴。萬卡到底是萊爾首相的養子，不能讓他知道，以免打草驚蛇。

萬卡進來了。看上去他臉色好像有點蒼白，似乎休息得不大好。

「萬卡，你來了！」曉晴跑了過去，笑得很甜。

小嵐注意到，萬卡後面跟着一個穿制服的中年男機師。

「萬卡，他……」

萬卡剛要說什麼，賓羅先生忙替他解釋說：「啊，

我忘了跟你們講，今天我請你們坐直升飛機參觀烏莎努爾。」

「啊，太好了！」三個孩子喜出望外，又叫又跳的樂成一團。

他們都沒有坐過直升飛機呢！

一輛七人房車把一干人送往直升機停機坪。曉星和曉晴擠在艙口，爭着第一個上飛機，兩人哇哇大叫着：「我先上！我先上！」

小嵐見到兩人擠在艙口誰也進不去，便說：「為表公允，你們倆先下來，等我發口令，再上去。」

「好！」曉晴姐弟二人退出艙門，站在離艙幾米遠的地方，準備衝刺。

小嵐慢吞吞地走到艙門口，突然一轉身，緊接着往上一躍，便躍上了飛機：「哈哈，還是我先上好了！」

曉晴和曉星二人才知道上了小嵐的當。於是哇哇叫着衝上了飛機，又齊心合力地「修理」起小嵐來了。

小嵐被這兩姐弟咯吱得都快笑瘋了。

賓羅先生見了，「呵呵呵」地笑得很開心。

一向嚴肅的萬卡也忍俊不禁。

駕駛員發動了飛機，飛機慢慢離地升空了，三個孩子興奮地朝下張望。

曉星看着腳下變得像積木一樣小的房子、汽車，突然擔心起來：「這飛機不會墜機吧？」

曉晴一聽立即給了曉星一拳：「烏鴉嘴，又來了！」

賓羅先生笑着說：「這種直升機是目前世界上最先進最安全的，加上我們王宮的駕駛員技術是最好的，你放心好了！」

曉星這才放下心來，又好奇地朝下望去。

烏莎努爾真是一個美麗的國家，草木蔥蘢、藍天碧海。賓羅先生指着下面說：「見到了嗎？下面那座有着王室標誌的建築物，就是王宮……還有，那些有着藍色房頂的，就是大大小小的行宮……」

「原來藍色屋頂的就是行宮！」曉星趴在窗口，好奇地數了起來，「一，二，三，四，五，六，七……十，哇，足有十座那麼多呢！」

「唔！」小嵐看着那一座座行宮若有所思。

曉星問道：「小嵐姐姐，你在想什麼呀？」

小嵐說：「我在想，將來，我要把一些行宮改作兒童活動中心，青少年活動中心，老人活動中心……」

曉晴說：「太好了，到那時候，我替你當青少年活動中心的總經理，讓它成為世界上最棒的活動中心！裏

面要有世界最大的劇院，最新科技的電影院，最……」

曉星搶着說：「小嵐姐姐，我也要當兒童活動中心的經理！這個中心要有最新型的遊戲機，最好玩的玩具城，最多藏書的圖書館……」

「哎，賓羅伯伯來當老人中心的經理吧！」「那萬卡當什麼？當野戰俱樂部經理……」三個孩子吱吱喳喳地搶着說話，賓羅先生和萬卡在一旁看着他們笑。

飛機飛到了大海上面，只見一座座海上鑽井，就像一個個小小的海上堡壘；飛機飛到了森林上空，萬傾綠樹，就像地上鋪了一條巨型的綠色地毯……

小嵐看得開心，便跟萬卡說：「能再飛高點嗎？」

萬卡答道：「可以！」

萬卡用無線電跟駕駛員說，請他飛高點。飛行員隔着玻璃朝他們做了個表示「OK」的手勢，慢慢把飛機拉高了。

啊，好刺激啊！看，鑽井台變得像棋子一般小了，孩子們正在興奮，突然，飛機像失去了控制一樣，猛烈地搖晃起來。

「啊！」曉晴第一個驚叫起來

曉星恐怖地大喊：「要墜機嗎？」

只有小嵐仍鎮定，問道：「什麼事？」

123

我不是公主

萬卡和賓羅先生第一時間望向駕駛艙，原來……

駕駛員身子軟軟的，倒在座位上。

飛機無人駕駛，在空中打起轉來，並迅速下落，賓羅先生臉色慘白，按這下墜速度，幾分鐘內便會機毀人亡。

得趕快去駕駛艙控制住飛機！

萬卡站起來，猛地一拳打向隔開駕駛艙和客艙的那塊玻璃，但那玻璃竟紋絲不動。萬卡想都沒想又馬上採取第二個方案，迅速打開了客艙門。一陣猛烈的風吹向眾人，曉晴驚叫着：「萬卡，你幹什麼？」

萬卡沒理會她，竟開始徒手爬出客艙外。

賓羅先生馬上明白了萬卡想幹什麼，內心不禁駭然，但並沒有阻止他——事到而今，除此之外，別無他法了。他只是說了一聲：「小心！」

「不，萬卡，不要！」小嵐尖叫起來。她睜大眼睛緊張地看着萬卡，飛機處在幾千呎高空，徒手從客艙爬到前艙，那是多麼危險！

可是萬卡沒有理會，繼續他的危險動作……

小嵐死死地盯着萬卡的每一個動作，一顆心「咚咚咚咚」地簡直要從胸腔裏跳出來。此時此刻，她已忘了自身面臨的危險，只擔心萬卡的安全。

曉晴和曉星早嚇得閉起眼睛，只會死死抓住扶手。

強烈的風把萬卡的衣服吹得鼓了起來，稍有不慎，他便會掉下去。萬卡費勁地用一隻手抓着客艙的門，另一隻手則努力去抓駕駛艙的門把。天啊！一下沒抓住，他差點掉了下去，幸好他馬上穩住了身體。時間不容他多想，他又一把抓過去，終於抓到了。他接着猛力一拉，駕駛艙門被拉開了，但那力量又令他原先抓住客艙門的右手鬆脫，他整個人懸空，只是左手抓住了駕駛艙門。

萬卡吊在半空中，命懸一線。幸好他身手矯健，僅用一隻右手引體向上，終於一躍躍進了駕駛艙。這時，飛機離地面只有不到一百米，萬卡迅速操縱飛機，飛機恢復正常飛行，最後慢慢降落地面。

飛機一着陸，萬卡舒了口氣，就迅速察看身邊的駕駛員，發現他還有呼吸，於是掏出電話報了警，然後跳下飛機。

他發現一個人站在地面愣愣地看着他，那是小嵐。

小嵐猛地向萬卡撲了過去，竟「哇」一聲狂哭起來。她把之前的恐懼、驚慄、擔心，全在淚水中發洩出來。

萬卡看着哭得身子發抖的小嵐，忍不住抬起手，想

萬卡吊在半空中，命懸一線……

摸摸小嵐的頭。但這時候，卻聽到曉晴一聲叫喊，他慌忙垂下了手。

曉晴和曉星在安全降落後，還發了一會兒呆。一清醒便哇哇大叫起來了：「我們沒事了嗎？」「我們安全了，噢，太好了！」

小嵐聽到他們的聲音，不想在她的朋友面前流眼淚，趕緊背過身去擦乾眼淚。

曉晴跳下飛機，大聲問道：「小嵐，我們沒事了？是怎麼回事？駕駛員醒了？」

賓羅先生跟在他們後面下了飛機，他激動地說：「是萬卡救了我們！」

127

「噢，萬卡，英雄啊！」曉晴尖叫着撲向萬卡，想來個熊抱。

但曉星卻搶先一步，摟住了萬卡的腰：「萬卡哥哥，謝謝你啊！」

曉晴只好作罷，只是拉着萬卡一隻胳膊，使勁地搖晃着。

第14章 萬卡陷入昏迷

　　救護車很快來了，迅速把仍昏迷的駕駛員哈克送往醫院。賓羅先生馬上率領眾人回到外交大臣府。

　　醫院很快就給賓羅先生電話了。哈克是誤吃了一種叫「殺必死」的除蟲藥，幸好藥量輕微，經搶救已無生命危險。

　　午飯時，面對一桌豐盛的飯菜，大家一點胃口也沒有，就連最饞嘴的曉星，也只是挾了幾筷子菜，就放下了。

　　差一點兒，他們就回不來了，想想都令人心有餘悸。還有駕駛員哈克離奇中毒，也使人難以接受。

　　曉晴說：「會不會哈克自己得罪了什麼人，有人想致他於死地？」

　　賓羅先生說：「可能性不大。我們挑選皇家駕駛員十分嚴格，一要行為良好，二是限制他們同外界接觸，他們平日都住在宮裏，不能外出，要跟家人見面，也只是家人前來王宮探望。加上哈克這人服務皇家已近二十年，一向紀錄良好，而且為人和善，從不得罪人。」

　　賓羅先生問小嵐：「公主，您最擅長寫偵探推理小

説，您判斷一下，究竟發生了什麼事？」

小嵐很肯定地説：「我想，哈克中毒，目標在我們。」

賓羅先生點點頭。

曉星大叫起來：「是誰這麼黑心腸呀，我們又沒得罪他們！」

曉晴生氣地説：「太過分了，要讓我知道是誰，哼！」

小嵐説：「要查出兇手，首先要搞清楚，有哪些人知道哈克今天給我們開飛機的事。」

賓羅先生説：「我除了讓萬卡去安排飛機之外，誰也沒告訴。公主及曉晴、曉星三位，更是來這裏後才知道坐直升機的事。」

萬卡一直沒説話，聽到這裏，才説：「今天直升機中隊隊長放大假，我是直接通知哈克今天出機的。但是，我並沒有對他説替誰開飛機，他也是到了您這裏時，才知道的。」

曉星説：「那就是説，事先知道我們今天乘飛機的，只有伯伯和萬卡大哥哥，那不對呀！不管怎樣，你們也不會自己害自己！」

小嵐問：「萬卡，你仔細想想，除了你和賓羅伯伯

之外，還有誰知道這事。」

萬卡沉默不語，好一會才猶猶豫豫地說：「我想還有一個人知道，但是……他絕不可能做出這麼傷天害理的事。」

曉星追問：「萬卡哥哥，是誰呀，你快說嘛！」

萬卡說：「是我養父，萊爾首相。媽媽和哥哥妹妹去旅行了，媽媽臨行前讓我多照看爸爸。昨晚很晚了，我還沒見他回家，所以我打了個電話給他，還順便提到了今天坐直升飛機的事。爸爸馬上很緊張，說一定要保障公主安全，還問我讓誰駕駛飛機。我就說了是哈克。」

「哦，原來是他！」曉星大聲說。

賓羅先生奇怪地望着曉星：「曉星，你怎麼啦？萬卡說得對，萊爾首相為人光明磊落，我想這事不會是他做的。」

「他也算光……哎喲！小嵐姐姐你幹嘛踩我一腳！」曉星怪叫起來。

小嵐打了曉星一下，說：「小朋友，別在這胡說八道！」

曉星委屈地說：「什麼小朋友呀，你比我大不了多少！」

小嵐説：「我們其實還有一條線可以跟進的，那就是哈克，我們或許可以從哈克那裏得到答案呢！」

賓羅先生説：「對，我想明天就去找哈克，了解情況。」

小嵐説：「噢，天晚了，我們要走了。伯伯，您累了一天，也該休息了。」

賓羅先生點點頭：「好的，大家都早點休息吧。」

小嵐回頭看萬卡，正要説什麼，突然見萬卡臉色不對：「啊，萬卡，你不舒服！」

「沒……沒什麼。」萬卡笑了笑，但連最粗心的人都看得出來，那笑容十分勉強。他又説，「對不起，我先走了。」

萬卡站了起來，剛走了幾步，但身體隨即搖晃了一下，整個人倒了下去。

「萬卡！」

「萬卡哥哥！」

大家驚叫着圍了過去，只見萬卡雙眼緊閉，已陷入昏迷。

「快叫救護車！」賓羅先生向呆站一邊的僕人喊道。

「萬卡！萬卡！」小嵐抱着萬卡的頭，傷心地叫

着。

曉星慌了神，他帶着哭腔說：「萬卡哥哥該不是也中毒了吧！」

曉晴驚駭地看着萬卡，連哭都忘記了。

救護車很快來了，所有人都擠上了車子，大家都十分關心萬卡的安危，希望一直陪着他。

車子把萬卡送進了皇家醫院。

幾名看護把萬卡送進了診室，大家焦急地在門口等着。

半個小時後，醫生才出來了。大家呼一下子湧了上去。

醫生除下口罩，皺着眉頭說：「病人應該發高燒一段時間了，身體非常虛弱……」

啊！大家都呆住了。萬卡發高燒？萬卡竟然帶病，做出了那驚人之舉，救了一飛機的人。這是一個怎樣意志堅強的人啊！

小嵐禁不住熱淚盈眶，曉晴竟嗚嗚地哭了起來。

曉星驚慌地問：「那他……他會死嗎？」

醫生說：「放心好了，這小伙子生命力強着呢！但他現在身體異常虛弱，要留院一段時間。」

「謝謝醫生！」大家這才鬆了一口氣。

「病人需要靜養，請各位暫時不要打擾他。失陪了！」醫生有禮貌地説。

　　離開醫院時，小嵐對賓羅先生説：「伯伯，明天我們再來，先看望萬卡，再找哈克了解情況。」

　　賓羅先生點點頭：「好的，我明天早上去接您。」

我不是公主

第 15 章　被困地下室

　　小嵐他們回到王宮，已是十點多鐘了，四周一片靜寂。

　　三人各自回了卧室。小嵐洗了個澡，就躺到了牀上。雖然很累了，但她的腦子卻不肯休息，一天裏發生的事像放電影一樣在腦子裏掠過。

　　想着想着，她猛地坐了起來。她悄悄換好衣服，避過守夜的僕人，悄悄走去敲曉星的門。如意料之中，曉星還沒睡呢！他正在打電郵。

　　小嵐問：「寫給誰呀？女朋友？」

　　「不是呀！姐姐笑人家！」曉星匆忙地把電郵發了，又關了機。

　　兩人又悄悄地找了曉晴，然後一起去了書房。

　　三人就當天發生的事熱烈地討論起來。

　　曉星搶先説：「我認為今天的墜機事件，一定是萊爾首相策劃的。」

　　曉晴轉了轉眼珠説：「但是萬卡也在飛機上呀，他也要害他的養子嗎？」

　　小嵐贊同曉星的意見：「不管怎樣，現在是萊爾首

相嫌疑最大！」

曉星説：「是呀是呀，他家裏還藏着個瘋子呢！」

「我總覺能從瘋子那裏找到線索。」小嵐説，「我打算今晚再去一趟首相府，想辦法進入地下室……」

曉星首先舉手説：「我也去，我也去！」

曉晴猶豫着：「那瘋子……很可怕嗎？」

曉星搶着説：「可怕極了！頭髮是白色的，一直長到腳跟；指甲又長又尖，像一枝枝箭……」

小嵐打斷他的話：「喂喂喂，大話王，哪有這麼長！」

曉晴害怕地眨着眼：「那……我……我……」

曉星説：「害怕啦，那你別去了，省得還要我和小嵐姐姐照顧你！」

曉晴瞪着曉星：「誰害怕了？！去就去！」

小嵐看了看錶，説：「現在是晚上十二點，我想萊爾首相家的人一定已經睡了，我們現在就出發。」

小嵐説着，打開一個抽屜，從裏面拿出一把鐵鉗子，一個手電筒。曉星看得高興，説：「小嵐姐姐，我們好像是去做賊一樣。」

小嵐白了他一眼：「去你的，什麼做賊，我們是除魔降妖的正義超人！」

「是嘛！做賊，說得那麼難聽！」曉晴還記着剛才弟弟嚇唬之仇，用指頭去戳他的額頭。

三個人悄悄走去車房，但發現車房門口多了個衛士。小嵐不想驚動別人，想了想，說：「我們騎單車去！」

小嵐帶着曉晴曉星繞到車房後面，果然見到那裏有個單車房，擺放了很多不同型號的車子。

「噢！小嵐姐姐真有做賊的潛質，連這裏有單車都知道！」曉星高興地跑了過去，挑了一輛黑色的。

愛美的曉晴騎了一輛紅色的，小嵐就找了一輛黃色的騎了，三個人騙過守着王宮大門的衛士，很快出了大街，飛也似的直奔首相府。

他們在首相府附近一個隱蔽處下了車，把單車藏好，然後由小嵐帶頭，沿着首相府圍牆找到了那棵掛着風箏線的大樹。

三個人順利地爬進了首相府。四周靜悄悄的，想是人們都進入夢鄉了。小嵐打着手電筒，很快找到了那幢小樓，他們又繞到後面，找到了那個上了鎖的鐵蓋子。

小嵐拿出帶來的鐵鉗子，那鐵鉗子設計十分巧妙，所以憑着小嵐那小小的氣力，竟然也輕易地把那鐵鎖鉗斷了。一旁看着的曉星和曉晴忍不住輕聲地歡呼起來。

他們小心地揭起蓋子，一個接一個下了地下室，曉晴有點戰戰兢兢的，生怕那瘋子一下子跑出來。其實小嵐和曉星也在提心吊膽呢，他們也害怕那瘋子！

地下室裏烏燈黑火的，全不像上次的燈火通明。

小嵐用手電筒照了照，地下室裏和之前沒什麼兩樣，那客廳裏還是之前那些簡單陳設，惟一不同的，是原先關着的房間門，現在全都敞開着。

地下室裏出乎意料的安靜，也許那瘋子睡下了吧！

曉晴見到並沒有危險，才放了點心，鬆開了抓着小嵐的手。

小嵐嘀咕了一句：「直覺告訴我這裏沒有人。」

曉星說：「不對呀，上次那瘋子呢，總不能搬家了吧？」

話未說完，聽到牆角那邊嘭一聲巨響，曉晴和曉星同時噢了一聲，又一齊抓住了小嵐的胳膊。

「誰？」小嵐的心「咚咚咚」地跳得很厲害，她強作鎮定，大聲喊道。

一團黑糊糊的東西，上面有兩盞綠螢螢的小燈，直朝他們撲過來。

「啊！」曉晴嚇得驚叫起來。

那團東西越過他們，跑上二十級台階，竄出了地下

室出口，留下了一聲怪叫——喵嗚！

「死貓！」曉星鬆了一口氣，又説，「幸好我不怕。」

小嵐用手電筒照了照自己的胳膊，哼了一聲：「不怕？哼，誰到現在還抓着我的胳膊……」

曉晴和曉星急忙鬆了手。

小嵐找到了電燈開關，地下室裏馬上變得光亮了。

客廳裏沒有人，房間裏沒有人，浴室廚房也沒有人，那瘋子真的不見了。

小嵐説：「依我看，一定是萊爾首相把她帶走了！萊爾首相發現有人來過，趁未敗露之前把她轉移了。」

曉晴表示贊同：「對，有可能！」

曉星沒有作聲，他拿過小嵐手上的手電筒，貪玩地東照照西照照。

小嵐説：「我們分頭行動，看看有什麼可以提供線索的東西。」

小嵐走進那瘋子的房間，陳設和客廳一樣簡單，只有一張牀，一個衣櫃，一張梳妝台。小嵐拉開衣櫃門，裏面掛着五六件款式很舊但做工精緻的衣服，翻翻每件衣服的口袋，一點發現都沒有。

她又走到梳妝台前面，台面上有些化妝品，但都已

經發硬，應早已過期了。拉開梳妝台的抽屜，裏面盡是些亂七八糟的雜物。她翻了一會兒，沒發現什麼線索，只好放棄了。

小嵐走出房間，見到曉晴和曉星也出來了，他們也是一無所獲呢！

曉晴嘟嘟噥噥地說：「這鬼屋子，有用的東西沒有，垃圾倒可以掃出幾大車……」

小嵐看看手錶，已是半夜三點多了，得回去了，明天一早還要跟賓羅伯伯去看萬卡呢！

她對曉晴和曉星說：「我們走吧！希望在明天。明天我們把一切都告訴賓羅伯伯，請他幫忙查找真相。」

曉星用力地點了點頭：「嗯，希望在明天！」

曉晴就半瞇着眼睛說：「那就趕快走吧，我睏死了！」

三人拾級而上，咦，怎麼蓋子給蓋上了？小嵐有點奇怪地說：「咦，我剛才是最後一個下去的，我明明沒放下蓋子。」

曉星說：「可能是剛才那隻怪貓跑出去時，把蓋子碰掉了吧！」

「也有可能。」小嵐一邊說，一邊伸手去推鐵蓋子。

我不是公主

她馬上大吃一驚——蓋子紋絲不動！再使勁，還是一樣。她轉過身來看着曉晴和曉星。

「怎麼啦？」曉晴害怕地問。

小嵐慢吞吞地答道：「蓋子……被人反鎖了。」

曉星馬上嚷嚷起來：「什麼，被反鎖了？半夜三更的，是誰會知道我們在這裏，難道是……是那隻貓幹的！」

「你沒腦子的啊！貓會做這種事嗎？」曉晴氣急敗壞地說，「這回糟糕啦，我們被困在這地下室裏了！」

「啊，有了！我們可以打手機叫人來救我們呀！」小嵐突然大喊起來，她又趕緊摸摸衣袋，「噢，我出門時忘帶手機了！」

曉晴聽了，馬上摸摸身上，說：「糟啦，我也沒帶手機呢！洗澡時把手機擱桌上了。」

「我有我有！」曉星急忙從褲袋裏掏出手機。

小嵐和曉晴開心極了，曉晴催着說：「曉星，快打給賓羅伯伯，快！」

但曉星卻看着手機發呆。

小嵐湊上去一看，馬上洩了氣，手機沒電！

「你呀你呀！」曉晴抬了抬手，想敲敲曉星腦袋，但想想自己不是連手機都沒帶嗎，立時喪氣地垂下了

手。

小嵐説：「看來，下一步我們得找找地下室裏有沒有吃的喝的了。我們得在有人發現之前，保住自己不餓死和渴死！」

「啊，不！不！」曉晴恐懼地叫着。

三個孩子垂頭喪氣地走下台階，回到客廳裏。

曉晴抱着希望問小嵐：「你覺得會有人知道我們在這裏嗎？」

「肯定有！」小嵐想也沒想就答道。

曉晴高興得眼睛放光芒，曉星也急忙湊了過來，兩人異口同聲問道：「是誰？是誰？」

小嵐説：「把蓋子鎖上的人。」

曉晴嘟着嘴説：「人家都煩死了，你還開玩笑！」

小嵐打着哈哈：「據資料顯示，在災難中被困的人，許多是死於精神崩潰。我是為你們好啊！」

曉星把胸膛一挺，説：「我不會精神崩潰的。死就死唄，頂多兩千年後，我們從這地下室被挖掘出來，再重見天日……」

「啊！」曉晴驚叫起來，「死曉星，烏鴉嘴！」

小嵐哈哈大笑起來：「人家説，厄運這傢伙從來欺軟怕硬，你越是怕他，他就越來找你，你不怕他，他反

而就躲起來了。」

曉星說：「好啊！那我們一齊喊『我們不怕你！』一、二、三！」

「我們不怕你！我們不怕你！我們不怕你！」三個人扯開嗓子，拚命叫喊。

「哈哈哈哈⋯⋯」他們喊了一會，又哈哈大笑起來。

曉晴笑得捂着肚子，她已經忘了害怕這回事了。

小嵐說：「事情並不那麼壞的，我們可以四處看看，或者哪裏有個洞口什麼的，可以讓我們逃出去呢！」

曉星說：「是呀是呀，電影裏常出現這種情況——在最絕望的時候，忽然發現了出口。」

曉晴說：「好，我們分頭找！」

曉星沿着牆邊，走幾步就用腳向牆上踢幾腳，希望能一腳踢出個窟窿，一邊踢還一邊說：「洞口，快出來！洞口，快出來！」

曉晴不滿地說：「吵什麼吵！煩死了！」

話音未落，只聽曉星「啊」了一聲。小嵐和曉晴忙看過去，只見曉星呆呆地看着那堵牆，那上面被曉星踢得掉了一塊水泥板下來，露出了一個洞。

「哈，果然有個洞！」小嵐和曉晴都十分驚喜。

曉星忙把手伸進洞裏，可是他馬上扁起了嘴。

「怎麼啦？」曉晴急忙問。

曉星不開心地說：「這洞不通的。」

小嵐蹲下，把手伸進去，卻一下就摸到牆了，原來那洞只有一呎見方，根本不是期待中能通到地面的隧洞。

小嵐不甘心，她把手往下一撈，竟撈到一包用布包着的東西，還挺沉的呢！她趕緊拿上來，打開一看，咦，是一本比磚頭還厚的記事本！

曉星手快打開記事本：「啊，是個日記本呢？你們看，還有名字——『盧雅日記』。」

曉晴把腦袋湊過去看：「這盧雅是誰？」

小嵐說：「肯定是那瘋子的名字。如果她跟萊爾首相真有密切關係的話，那這日記說不定可以為我們解開很多疑團呢！」

曉星開心地說：「哇，太好了，那些疑問真快要把我憋死了！」

打開第一頁，只見最上面寫着「一九五三年十月二日　晴」。曉晴伸了伸舌頭說：「哇，我爸爸都還沒出生呢！」

144

小嵐說：「我們還是翻後面一九五七年那些日記來看，王子被調換的事件是在那一年發生的！」

　　「對對對！就看一九五七年的。」曉星翻呀翻的，很快翻到了五七年那部分。

第 16 章　瘋子的日記

三個腦袋湊在一塊，大家全神貫注地看起那本日記來。

說是日記，但卻記得斷斷續續的，有時每天都記，有時一個多月才記一次。但無論如何，這本日記絕對幫了小嵐她們的大忙，因為它揭開了一段歷史懸案。

下面是部分日記。

三月ＸＸ日　陰

今天，羅諾叫我去書房，他說會告訴我一個報仇雪恥、改變家族命運的重大決定。我實在有點錯愕：嫁入首相府幾年了，從不知這個家族還有恥要雪，有仇要報。

羅諾讓我坐在一張舒服的沙發上，自從我懷孕之後，他對我就更加細心了，他的確是個好丈夫。

羅諾問我知不知道烏莎努爾開國時「一箭定江山」的故事，我點點頭。但羅諾隨即激憤地說，那故事並不全是事實。在霍雷爾家族和梅登家族頭人決勝負時，很可能是霍雷爾人使了陰謀，讓梅登家族頭人的箭射偏

了。因為事實上射擊技術應是梅登家族頭人略勝一籌的。但當時霍雷爾家族勢力強大，梅登家族只好忍氣吞聲，只是暗暗把此事寫入家訓，這個「梅登遺訓」代代相傳，讓子孫後代找機會推翻霍雷爾王朝，報「一箭之仇」。

羅諾激動地說，多少代了，梅登人一直沒有機會完成祖先遺願，但現在，要在他手中實現了。

他的話令我太震驚了。

羅諾繼續興奮地說着，王后腹中的胎兒跟我所懷的孩子預產期只差一天，他已安排好到時來個調包計，把自己兒子跟王后兒子調換了，那就神不知鬼不覺，梅登家族就奪了霍雷爾家族的權。

我驚駭極了，本來冤家宜解不宜結，都那麼多年了，怎麼還不能放下心中仇怨呢！而且霍雷爾十幾代都是明君，把國家管治得繁榮富強，即使是他們祖先使手段取得王位，也已經功過相抵了。更要命的，羅諾分明是要我和親生兒子分開，去做別人的兒子，叫別人做爸爸媽媽，這讓我情何以堪！

但是，我知道丈夫的性格，他向來說一不二，說出的就不會收回，我一個柔弱的女子又能怎樣，只好認命了。

我不是公主

三月ＸＸ日　陰

　　今天，丈夫回家時大發雷霆，原來，早前王后在法國定居的父親病危，王后回去看望，誰知因為太勞累，腹中胎兒懷胎八月就早產了。這樣一來，就不能用我們的兒子去調換了，因為我們的兒子要兩個月後才出生呢！

　　看着丈夫惱怒的樣子，我卻暗暗鬆了一口氣，我不用忍受骨肉分離的痛苦，丈夫也沒辦法去作孽了！

　　沒想到他惱怒之下，竟然做出一個損人不利己的決定：即使梅登家族無法奪權，這皇位也不能讓霍雷爾家的人得到！他要找一個不相干的孩子，去換掉小王子。

三月ＸＸ日　晴

　　我竟然要充當丈夫的幫兇，去做一件傷天害理的事。他要我物色一名年輕女子，在王后回國途中做手腳，用一名嬰兒去換走小王子。

　　我找來了阿喬。阿喬自小父母雙亡，是我父母收留了她，讓她做我的貼身侍女，跟了我十幾年了，是我最信任的人。

　　我把要做的事跟她說了，她沉默了很久，才勉強點了點頭。她雖然沒說話，但我明白她心裏想什麼，她一

定很難過，因為她為人善良，從來沒做過傷害人的事情，她只是礙於對我的忠誠，才勉為其難答應。

其實，我何嘗想這樣做，只是我知道丈夫的為人，如果我不答應，他也會找別人做這件事，那時後果會更不堪設想，因為他目的是要殺人滅口的。要小王子剛出娘胎就死於非命，我於心何忍。

我交了一筆錢給阿喬，這錢可以讓她和小王子日後衣食無憂。

四月X日　陰

今天，王后回來了，她顯得很憔悴，別人只當她旅途勞頓，只有我明白她心中的苦楚，她的親骨肉被人調了包，抱回來的不知是誰，但又不敢聲張。阿喬已經給我電話，她已順利地在船上把小王子換走了，不過她沒有按羅諾的吩咐，把小王子帶到一個指定地方，交給一名殺手，而是帶着小王子逃去中國，以假身分安頓了下來。

我鬆了口氣。自己總算還做了點好事，救了那可憐的孩子一命。雖然他不再是尊貴的王子，但仍能在阿喬這位「母親」的照料下，以另一個身分生活着。

六月X日

　　今天是萊爾滿月的日子，看着他白白胖胖的可愛模樣，我很開心。

　　幾個月來，那種負罪感，一直在折磨着我，我幾乎每晚做噩夢，覺得自己已經不能自拔。只有萊爾，才讓我陰沉的心境裏有了一線陽光。

　　每當見到王后在人前強顏歡笑，看到她對着「王子」時的那種失落和無奈，我就心如刀割。我也是個母親，明白那種失掉至親骨肉的痛楚……每當這時候，我就更加覺得自己罪孽深重。天哪，我真要瘋了！

　　可怕的是，羅諾仍在覬覦王位，他常對襁褓中的萊爾說：「兒啊，你可要記住，烏莎努爾是我們梅登家族的，如果爸爸這一代不能完成祖先遺願，你也要繼續努力！你做不成國王，你的兒子也要做國王……」

　　想到小萊爾長大後也要捲入殺戮，我就感到不寒而慄。

　　不，不！我的孩子應該是一個頂天立地的人，我不能讓他的雙手沾上鮮血……

　　日記記到這裏突然中斷了，再看看後面，全是白頁，應該是盧雅從此沒再記日記了。

「啊，總算知道王子被掉包的真相了！」曉星眨巴着眼睛若有所思，「難道當年霍雷爾家族真是用了不正當手段，取得王位？」

曉晴撇撇嘴：「不是因為小嵐是朋友我才這樣說，梅登家族根本沒有證據可以證明霍雷爾家族頭人作弊。也有可能是梅登家族輸了不服氣，就懷疑這懷疑那的！」

曉星說：「姐姐，你這回怎麼變得這樣聰明呢！」

曉晴打了曉星一下：「去你的！我從來都這樣聰明！」

小嵐一直在呆想什麼，這時自言自語地說：「如果五十年前的王子掉包案是羅諾一手造成的，那後來發生的一連串事件，阿喬和真王子的非正常死亡，伍拉特國王滅門慘案，我在香港多次被暗算，還有剛發生的駕駛員中毒事件，也是羅諾做的嗎？」

曉星想也沒想就說：「肯定不是！」

曉晴瞪了他一眼：「說得那麼肯定，有證據嗎？」

曉星說：「當然有！上次在首相家，妮娃無意中跟我說，她爺爺在利安哥哥一歲時就去世了。」

小嵐點點頭：「利安今年十七歲，即羅諾在十六年前就去世了。那就是說，這十六年間發生的事，幕後操

我不是公主

縱者是另有其人。」

曉晴的眼珠子滴溜溜地轉着:「那會是誰呢?」

三個孩子你看看我,我看看你,突然異口同聲地喊起來:「萊爾首相!」

一定是萊爾首相!是他忠實執行祖宗遺訓,繼續為梅登家族能掌權而掃除一切障礙。

一定要儘快通知賓羅伯伯!

可是,怎麼出去!

「呵——」小嵐打了個呵欠,看了看錶:「噢,都快天亮了!我們先休息一下,養足精神再想辦法。」說完,她把地下室裏所有燈都關上了。

大概呵欠是會傳染的,曉晴和曉星也不約而同打起呵欠來了。不一會兒,地下室裏就響起了三重奏——曉星是低音大提琴,小嵐是中音圓號,曉晴是高音小號。

由於地下室分不出天亮天黑,所以他們一直睡呀睡,由半夜睡到天亮,睡到上午、下午……

第 17 章　公主失蹤

三個孩子在地下室裏呼呼大睡，一點不知道王宮裏已亂作一團。

大清早，侍女們來侍候公主，發現公主不在臥室，再去曉晴曉星的房中，那兩個孩子也全無蹤影。侍女們到處找，書房、遊戲房、電影室、花園……反正公主有可能去的地方都找遍了，都找不到。侍女們慌了，馬上報告了瑪亞。

瑪亞一聽也急了，她一面指揮侍女們繼續尋找，又緊急致電賓羅先生報告此事。

賓羅先生正在途中，他正準備來接小嵐去看萬卡呢！一聽到公主不見了，大吃一驚，連忙讓司機加快車速，趕往王宮。

聽完瑪亞匯報以後，賓羅先生當機立斷，動員所有男女侍從、衛士雜差，全部出動，搜索王宮每一個角落。

一會兒，瑪亞帶了兩個衛士來見賓羅先生，說有公主的消息。賓羅先生一聽喜上眉梢，忙說：「你快說，快說！」

我不是公主

那衞士說：「大臣先生，昨晚約十二點多，我正在門口值夜，看見公主和一個男孩一個女孩騎單車出去了。」

寶羅先生大吃一驚：「什麼，他們出了王宮！他們有說去哪裏嗎？」

衞士說：「沒有啊！」

「半夜三更的，他們出去幹什麼呢！」寶羅先生着急了。

瑪亞難過地說：「大臣先生，都是我不好，我沒盡到責任！」

154

「現在不是追究責任的時候，得想辦法找到公主下落。他們還是孩子啊！出了事怎麼辦呢！」寶羅先生對瑪亞說，「你在這等着，一有公主消息，就馬上通知我。」

寶羅先生走了幾步，又回頭對瑪亞說：「你吩咐手下人，不可將公主失蹤的事傳出去！」

寶羅先生急匆匆地走了，他要找萊爾首相商量。

在車上，寶羅先生打了個電話給萬卡，他希望那三個孩子是探望萬卡去了，但結果失望了，他們並不在那裏。

看看手錶，已經是上午十點多了。昨夜十二點出

去，到現在已是十個小時，他們能去哪裏呢？

回到國會辦公室，萊爾首相已經到了。

萊爾首相十分着急的樣子：「嘿，這些孩子，上哪去了呢！」

賓羅先生説：「真令人擔心！身邊一個侍衛都沒有，我總覺得會出事！」

這時候，有個人闖了進來。他氣喘吁吁的，還淌了一臉的汗。是萬卡！

「兒子，你不在醫院休息，跑來這幹什麼？！」萊爾首相一見便責備道。

萬卡沒回答養父的問話，只是着急地説：「公主找到了嗎？」

賓羅先生説：「還沒找到呢！你別着急，還是安心回去養病，我已經吩咐國家安全部的羅里馬上來這裏，讓他負責布署尋找公主。」

「賓羅先生，讓我來負責這件事吧。」萬卡懇求説，「我是王宮侍衛長，公主失蹤，我要負很大責任，所以，應由我來負責找尋公主的工作。」

萊爾首相大聲説：「看你，臉色這麼差，還不趕快給我回醫院！」

「不！」萬卡固執地説，「我睡了一晚，現在沒事

了。公主有危險，我怎可以置身事外？」

「唉，你這孩子！」萊爾首相搖着頭，無可奈何地說，「賓羅兄，就讓他負責這件事吧！」

賓羅先生盯着萬卡的臉，說：「你來負責這件事我當然更放心，但是，你身體真的行嗎？」

「行，請您相信我！」萬卡大聲說。

賓羅先生點點頭：「你辦事，我放心，不過你得答應我，要注意休息。我會把國民衞隊第一大隊交給你，由你安排。」

「謝謝賓羅先生！」

萬卡接管第一大隊，把所有人分為十個小隊，到公主有可能到的地方，遊樂場、卡拉OK廳、圖書館……以及機場、碼頭、車站，這是謹防公主被壞人綁架出境。

時間在一個小時一個小時地流逝，萬卡不斷收到各個小隊長報來的消息，但都是同一句話：「沒發現公主蹤跡！」

直到晚上六時許，所有派出去的隊伍都作了匯報，但都是「沒發現」。

至此，公主已經失蹤十八小時了！

萬卡開始沉不住氣，他接電話的手開始發抖；賓羅

先生開始慌亂，他臉色慘白，好像要昏倒的樣子；萊爾首相開始坐立不安，在屋子裏踱來踱去……

十八個小時了，公主究竟去了哪裏呢？如果她是遭到綁架的話，劫匪也該來電話談條件了吧！

萬卡見賓羅先生臉色不對，知道他有一受刺激就容易昏厥的毛病，便説：「賓羅先生，您回家休息一會吧！」

賓羅先生猶豫了一下，説：「那好，我回辦公室去躺躺，一會兒就回來。」

萬卡讓兩名侍衞把賓羅先生送回辦公室。賓羅先生一邊走一邊回頭吩咐：「一有公主消息，馬上通知我！」

賓羅先生在沙發上躺了一會兒，覺得精神好了點，想起一整天都沒有處理國務，便掙扎着爬了起來。

打開電腦，發現有幾封新郵件，便打開來看。

第一封郵件是曉星發來的。

伯伯：

我實在忍不住了，我要告訴您一件事，這事千萬別告訴別人啊！

還是拉拉鈎放心點，「拉鈎，上吊，一百年，不許

變！」

好奇怪啊，我們在萊爾首相家發現了一個地下室，裏面住着一個瘋子。她的頭髮好長好長，長得快要拖着地面，她指甲也很長很長，長得像一枝枝利箭……小嵐姐姐說，從這瘋子身上可能發現許多秘密真相，我們準備找時間再去地下室探險……

噢，小嵐姐姐找我呢，不跟您說了。

曉星

賓羅先生臉色大變。

地下室？瘋子？萊爾首相可從來沒提過他家有個精神病患者。他為什麼要隱瞞？為什麼要把精神病人關在地下室？實在疑點重重！怪不得那幾個孩子想去探個究竟。

賓羅先生看看郵件的發出時間是晚上十二點零一分，這時候小嵐還不睡，還去找曉星幹什麼？

賓羅先生猛然站起，莫非他們去了首相府，再探地下室？

一定是！一定是這樣！

假如萊爾首相這些不可告人的秘密牽涉到罪惡的話，那三個孩子肯定遇到危險了！

怎麼辦？！

賓羅先生腦子裏快速地思考了一下，得立即找個熟悉首相府情況的人去拯救公主。

萬卡？對，只有他符合條件！

但是，他是萊爾首相的養子呀！賓羅先生又猶豫了。但情況緊急，不容他多想了。希望萬卡能在親情與忠誠面前有所選擇。

賓羅先生馬上撥了萬卡的手機。

「喂！」是萬卡的聲音。

「萬卡，接下來我跟你講的事涉及萊爾首相，所以，你得不動聲色。我知道他是你養父，對你有恩，但現在情況緊急，你得有所選擇。」

萬卡猶豫了一下，馬上說：「喂，您大聲點！您等等，這裏接收不好，我換個地方跟您講！」

一會，萬卡又說話了：「賓羅先生，您剛才說什麼呀？有什麼事涉及我父親，他是個好人，不會做什麼見不得人的事的！」

「萬卡，你聽我說……」賓羅先生把曉星的郵件內容和自己的分析都跟萬卡說了，「現在情況緊急，我需要你的幫助，希望你從國家利益着想，為公主着想……」

我不是公主

萬卡回答說：「賓羅先生，雖然我還是不相信父親會做出危害國家危害公主的事，而且我從小住在首相府，也從來沒發現有什麼地下室和瘋子。但我答應幫您！我想，這也是幫我父親，幫他洗刷嫌疑。您需要我怎樣做？」

「好，萬卡，很高興你能這樣想。」賓羅先生高興地說，「我現在馬上回去，跟你詐稱在城西發現公主線索，要你馬上去。你就馬上回家，查出地下室所在，我就設法讓萊爾首相留在國會……」

「好的，剛好這幾天媽媽和利安、妮娃去旅行了，這樣我會方便做事。」

再說回地下室裏三個孩子，他們一直睡到下午四點多才醒來。三個人發了一會兒怔，才想起昨天發生了什麼事。

「我們已經失蹤了十多個小時，我想，王宮裏一定亂套了。」小嵐說。

曉星說：「那還用說，未來的國王失蹤了，挺嚴重的事呀！」

曉晴有點發愁：「你們說，他們會找到這裏嗎？」

「希望吧！」

小嵐話沒說完，突然聽到一些古怪的聲音：「咕咕

咕，咕咕咕……」

曉星問：「什麼聲音？」

曉晴仔細一聽，指着曉星説：「是從你身上傳出來的！」

「哪裏？」曉星傾聽着，「不是呀，是從你身上傳出來的呀！咦，又好像是小嵐姐姐發出的！」

小嵐否認：「沒有啊！」

「肅靜！」曉晴大聲説。

寂靜中，「咕咕咕」的聲音越來越大聲，分明是從他們的肚子裏發出的聲音。

是肚子提抗議了，他們連早餐和午飯都沒吃呢！

曉星拍了一下肚子：「唉呀，你爭氣點！」

曉晴有氣無力地説：「小嵐，我真的好餓呀！」

小嵐無奈地説：「我又不會變魔法，變出牛奶和麵包。我們繼續睡覺好了，這樣就不覺得餓了。乖啦！等我們被救出去後，我請你們吃大餐！」

曉星首先響應，他躺下來瞇着眼：「小嵐姐姐，我會乖的！」

曉晴嘟着嘴，也躺下了。

小嵐睡不着，她有點發愁，要是一直沒有人來救他們的話，那怎麼辦呢？想着想着，她迷迷糊糊睡着了。

不知睡了多久，突然，小嵐聽到一些聲音，她微微張了張眼睛，見到地下室的入口走下來一個人。他急急地，幾乎是一步幾級地往下奔，嘴裏焦急地喊着：「公主，小嵐公主！」

聲音好熟，是萬卡！

萬卡來了，有救了！小嵐放了心，她想起來，但身子軟軟的，她乾脆又合上了眼睛。

小嵐感覺到被一雙溫暖的手扶起，耳邊傳來萬卡驚慌的聲音：「公主，您醒醒，您醒醒！」

萬卡把小嵐抱了起來，那男孩的體溫傳到小嵐身上，她突然覺得心「撲通撲通」地跳起來。她沒動，也沒吱聲，她覺得在萬卡懷裏有一種很安全的感覺，她很想這種感覺長久些，就一聲不哼的，讓萬卡把她一直抱出了地下室。

萬卡一邊跑出地下室，一邊大聲喊道：「快！快把公主送醫院！」

一聽要送醫院，小嵐不再裝了，她一下睜開了那雙又圓又大的眼睛，淘氣地看着萬卡。

「公主，您醒了？太好了，您醒了太好了！」萬卡一副欣喜若狂的樣子。

小嵐坐了起來，說：「我沒事，曉星和曉晴呢？」

「我們在這哪！」曉星和曉晴被侍衛扶着從地下室出口走了上來。

「萬卡哥哥！」曉星邊喊邊跑向萬卡，「謝謝你救了我們！」

小嵐說：「咦，你怎麼知道我們在這裏的？」

萬卡說：「是曉星說的呀！」

曉星很奇怪：「我說的？我什麼時候跟你說過？」

萬卡說：「你在給賓羅先生的郵件裏說的。」

「哦！我想起來了！我昨晚臨走時給賓羅伯伯發了封郵件，怎麼就忘了呢！」曉星高興地嚷嚷着，又得意忘形地說，「原來是我有先見之明！小嵐姐姐，曉晴姐姐，你們該怎麼謝我？」

曉晴睜圓眼睛：「謝你個頭，怎麼不早說，害得我提心吊膽的！」

小嵐也說：「是呀，幸好我們意志堅定，要不已經嚇死了！」

曉星撅着嘴：「好心不得好報！」

這時候，萬卡帶着幾名醫護人員走過來說：「公主，我送你們去醫院檢查一下！」

小嵐說：「不用了，我們沒事！只是要趕快準備一頓吃的，我們餓壞了。」

我不是公主

萬卡剛要走，又轉回身，吩咐隨他來的一位小隊長：「你們再把地下室仔細搜查一遍！」

小隊長説：「是！」

在首相家的飯廳裏，三個孩子狼吞虎嚥狂吃了一頓。

剛放下筷子，賓羅先生來了：「公主，您沒事吧！可把我們嚇壞了！」

小嵐微笑着説：「沒什麼，謝謝您！」

曉星見了，忙跑了過去撒嬌説：「伯伯，我們被關在地下室裏十幾小時，好慘啊！」

曉晴也嘟着嘴説：「伯伯，您可得為我們做主！有人要害我們呢！」

賓羅先生説：「你們放心，會還你們一個公道的。對於居心叵測，想謀害公主的人，一定會受到國法嚴罰。」

賓羅先生見萬卡站在一旁低頭不語，知道他心裏難受，便上前拍拍他的肩膊，小聲説：「萬卡，我代表國家感謝你的忠誠行為。」

萬卡難過地説：「我真不明白，父親為什麼要做出這樣的事！」

小嵐説：「其實我們已經掌握了一些線索，我們現在就去找萊爾首相，要他説出真相。」

第 18 章　真相大白

「啊，找到公主了！」見到小嵐一行人回來，萊爾首相一臉驚喜地迎了上來。

沒有人搭話，連萬卡都把臉扭到一邊。

「哎，你們怎麼啦？」萊爾首相露出一副莫名其妙的樣子。

賓羅先生關上辦公室的門，説：「大家坐下吧！」

萊爾首相仍在問：「公主，您上哪去了，我們都很擔心您哪！」

小嵐沒吱聲，只是很奇怪地看着萊爾首相，心想這人真會做戲，不當演員真是浪費了。

曉星忍不住了，大聲説：「你別再裝了，是你把我們關在你家的地下室的，你想餓死我們！」

曉晴也説：「是呀，你好狠毒啊！」

萊爾首相露出一副吃驚的樣子：「什麼，你們被關在地下室？不會吧！」

「爸爸，我從小到大都很尊敬您、愛您，把您看成一個頂天立地的人。我不管您曾經做錯什麼，只要您説出真相，我仍然會尊敬您的。」萬卡很難受地説，「爸

爸,那瘋子是什麼人?為什麼要住在地下室?是誰把公主關在地下室的?」

小嵐說:「萊爾首相,今天你無論如何都賴不掉的了,告訴你,我們在地下室找到了你母親寫的日記,我們知道了『梅登遺訓』的內容,知道了你們家多年來一直伺機推翻霍雷爾政權,你要是老老實實說出一切,我還可以考慮為你求情,但如果你不老實,那就只好把你交由法律部處理了。」

萊爾首相低頭不語,好一會才抬起頭,語調沉重地說:「既然你們什麼都知道了,我就說出一切吧!

「十六年前,父親確診患了肝癌,時日不多。於是他跟我說了兩件事。第一件就是有關『梅登遺訓』。我才知道當年『一箭定江山』的背後疑點,知道『王子掉包』事件,知道現任國王是假的,我聽到後十分震驚。父親還要求我,繼承他未完成的使命,一定要讓梅登家子孫登上王位。

「另一件就是父親說我母親尚在人世。我當時簡直不相信自己的耳朵:一直以來,父親都跟我說,我未懂事時母親就病死了,怎麼現在又說仍在生!父親跟我解釋說,因為母親知道太多秘密,而她後來又得了精神病,每當病發,她就亂說話。父親擔心她把梅登家的事

説了出來，所以就騙了所有人，説母親死了，實際上他把她藏在地下室裏。父親帶我去了地下室，當我見到那人不人鬼不鬼的母親時，我難過得簡直心肺俱裂。我雖然對母親沒什麼印象，但也從長輩嘴裏知道，母親不但長得美麗動人，而且極聰明，什麼東西一學就會，是所有王公大臣妻子裏最矚目的一個。我實在不能原諒父親，實在為父親的行為感到不恥，但我又可以怎樣呢？我不能把這秘密說出去，否則梅登家族就會大禍臨頭。父親在半個月後便去世了。我接替了照顧母親的任務。我很想令她脫離地下室那暗無天日的生活，但我不敢，怕她的突然出現會引起人們懷疑，令父親英名盡喪。但是，我沒有打算繼續做父親未做完的事，我不能因為當年一些沒證據的懷疑而再互相殘殺，讓國家陷入混亂。烏莎努爾國泰民安，伍拉特國王功不可沒，就讓他繼續為國民效力吧！所以，我寧願做一回不孝子孫，而讓這『梅登遺訓』隨着父親的去世而告終結。」

　　小嵐聽到這裏，大聲説：「你説謊！這些事情既然只有你和你母親知道，你母親瘋了，當然不會做壞事，而且我們看了她的日記，知道她一直都反對羅諾那樣做。你説你沒有做壞事，那後來出現的許多事情是誰幹的？」

曉星也氣憤地說：「是呀！伍拉特國王滅門慘案是誰造成的？王子是誰害死的？」

曉晴接上曉星的話說：「還有，小嵐在香港幾次遇險，前不久的墜機事件，還有把我們關在地下室裏，這些都是誰做的？」

萬卡也說：「父親，您還是把事情全都說清楚吧！」

萊爾長歎一聲：「反正，我該說的都說了，信不信由你們。那些事情是誰幹的，我真的不知道。」

小嵐說：「那我問你，你母親一定是你把她轉移走的，她現在在哪裏？」

萊爾首相說：「她其實就在地下室上面那幢小樓。我發現地下室有人進去過，就把她暫時轉移到小樓裏了。」

曉星用懷疑的眼光看着萊爾首相：「我們在地下室呆了一天一夜，怎麼沒聽到一點聲息？」

萊爾首相說：「如果不是受了特別刺激，她是很安靜的。」

賓羅先生聽到這裏，說：「首相大人，對不起，雖然現在並沒有證據證明您曾參與謀害公主，但您目前仍然是嫌疑最大的一個。希望您暫時不要回家，先留在這

裏。」

賓羅先生拿起電話，通知副侍衛長：「你派兩名侍衛到國會……」

兩名侍衛來了，其中一名手裏提了一台超薄型手提電腦，他把電腦交給萬卡説：「這是負責搜索地下室的小隊長讓我交給你的，剛才他們在一塊鬆動的地磚下面發現了這個東西。」

曉星一見就咋呼起來：「啊，我們在那裏呆了這麼長時間，怎麼就沒見這東西！」

小嵐問萊爾首相：「這是你的吧？」

萊爾首相搖搖頭：「不，不是我的。」

「你不承認也沒關係，我們會想法打開的。」小嵐不信任地看了看他，「曉星，這任務交給你。」

曉星神氣地説：「遵命！」

「你們可以去我辦公室，那裏方便些。」賓羅先生説，「我要去處理一些事情，等會去找你們。」

一行人去了賓羅先生辦公室。

曉星平日最愛鼓搗電腦，幾下功夫就插上電源，啟動電腦。可是，電腦被鎖上了，要用密碼才能進入。

曉星想了很多辦法，都沒能打開，大家都有點洩氣。

我不是公主

　　「看來，這電腦非得它主人才能打開了。」小嵐思索着，說道，「既然萊爾首相否認這部電腦是他的，那我們就暫且假設這電腦屬於另一個人。」

　　曉晴詫異地看着小嵐：「另一個人？你不是指萊爾首相的母親盧雅吧？！」

　　曉星嚷道：「小嵐姐姐，你說什麼呀？精神病人怎可能會用電腦呢！」

　　萬卡說：「我贊成公主的假設。我有個主意，我們把這電腦悄悄放在小樓裏，看看她反應如何。」

　　「好辦法！」大家一致贊成。

　　於是，一行人又去了首相府。那小樓地下一層還是像之前那樣，亂糟糟、髒兮兮的，不像有人住的樣子。小嵐小聲說：「我們上二樓！」

　　二樓明顯地比上次來時乾淨了，小嵐向其他人使了個眼色，又讓曉星悄悄把電腦放在桌上，然後所有人都躲在屏風後面。

　　一會兒，有個人從房間出來了，正是盧雅！她身上披着一件黑色斗篷，慢吞吞地走着，走到書桌前時停了下來。她用手摸摸電腦，好像在想什麼，接着就坐下來了。

　　大家緊張地看着。

呀，她真的打開電腦蓋子了！還動手在鍵盤上打字，看樣子在輸入密碼。啊，進入了！這電腦原來真是盧雅的！

盧雅繼續在使用電腦，只見她熟練地進入互聯網，又輸入密碼，天哪！她竟然還會使用電子郵箱！只見她打開郵箱，開始在上面打着字。她可能是老花眼吧，字號調得很大，所以大家可以清楚見到熒屏上出現的字：

羅諾：

我又幫萊爾做了一件事了，我親手把那三個孩子關在地下室裏，那個想來搶梅登家王位的小嵐公主，再也出不來了……

「乞嗤！」突然，曉星鼻子一癢，打了個響亮的噴嚏。

盧雅受了驚，馬上要關閉電腦。說時遲那時快，萬卡衝了出去，一把按住她的手。其他人也跑出來了。

「啊！」盧雅發出尖厲的叫聲，還拚命掙扎着。

萬卡忙拉着盧雅說：「奶奶，奶奶，您冷靜點，我是您的孫子，我們不會傷害您的。」

盧雅用她那雙呆滯的眼睛盯着萬卡，突然，她歇斯底里地叫了起來：「啊！對不起，對不起！不關萊爾的事，你怪我吧！你殺我吧！」

盧雅叫喊了一會兒，用手蒙着臉，蹣跚着走進房間，還砰一聲關上了門。

曉星抓緊機會坐到桌前，檢查收件箱及寄件箱裏的內容，大家越看越震驚，原來盧雅曾發出無數對外聯絡的郵件，給偵探社的，給銀行的，給航空公司的，還有好多發到個人郵箱的……她一直利用電子郵箱同外界聯絡！

曉星再打開草稿箱，裏面竟儲存了幾十封未發出的郵件，全部是寫給羅諾的。在郵件裏面，她詳細地報告了自己所幹的每一件事。

所有謎團都在郵件中找到了答案——羅諾死後，所有事都是盧雅幹的。

原來，盧雅的病時好時壞，那次羅諾把萊爾帶到地下室，要求萊爾秉承「梅登遺訓」時，她正處在半清醒狀態，那一半的清醒，令她為自己兒子這一代又要介入殺戮而心痛不已。而那一半的瘋狂，卻驅使她決定自己背負罪名，替兒子去完成使命。但她一直想不到如何可以足不出戶就能實現計劃，直到有一天在電視上看到了手提電腦廣告，又看到了有線電視廣告。她偷偷走上地面，把一隻價值十幾萬元的戒指交給一名剪草工人，讓他給買一部手提電腦及辦理上網。那人收了錢，也真去

173

我不是公主

辦了此事。於是，聰明絕頂的盧雅經過一段時間擺弄，居然就根據那剪草工人買來的一本學習電腦用書，學會了使用電腦，後來，甚至還知道了如何使用電子郵箱，如何網上理財。盧雅在銀行存有鉅額存款，那是她父母留給她的遺產，這點連羅諾都不知道。她利用這些錢，請國內最有名的偵探社，替她打聽一切想知道的事，然後又通過互聯網重金聘請人手，專門給她執行任務。

一九九一年，她委派一名殺手趁颱風時，用推土機撞倒源允家房子，令源允和她養母，即阿喬被壓死；

她讓人發警告信給賓羅大臣，阻止小嵐登位。

同年，她指令一名退休警官追蹤源允妻子，把他們的兒子擄走；

不久前，她又命令一名混入內宮的侍從官，在普爾幹王子的食物中放入一種迷幻藥，令大王子出現幻覺，開槍殺害父母弟妹然後自殺，造成轟動全國的王室滅門慘案；

當賓羅先生在香港尋找到小嵐公主後，她又命幾名超級殺手，在香港三次製造人為事故，要置公主於死地；

數日前，她無意中聽到了萊爾首相打電話，知道公主要乘直升飛機的事，她隨即命人設法令直升機駕駛員

中毒，製造墜機事件；

在小嵐等三人進入地下室後，由於黑貓受驚竄出來，讓她發現了，她親自去把入口鎖上，把三人困在地下室。

以上事實，全是在許多郵件中掌握的事實真相。自此，所有謎團真相大白。一名本來善良的女子，因被迫背負一個家族的仇怨和慾望而變成精神病患者，又因為不願兒子涉入罪惡而在瘋狂中做盡壞事，想想真令人唏噓。

曉晴說：「我覺得其中有一個疑點，就是她提到擄走源允王子的兒子。這事有點奇怪，源允的孩子明明是小嵐，她是被源允妻子遺棄在江邊的，怎會是個男孩，又怎會有被擄走這回事呢？」

小嵐沉吟一會，說：「有件事我一直沒跟你們講。不久前，我爸爸媽媽去了一趟西安，發現了問題……」

小嵐把爸爸媽媽跟她說的對吳月英的懷疑，一一向大家說了。

「那事情又變得複雜起來了。」曉晴說，「如果像盧雅所說，源允的孩子是男孩，而吳月英又說了謊，小嵐根本不是她的孩子，那只有一個解釋——小嵐並非公主……」

　　曉星驚叫起來：「不會的不會的，小嵐姐姐的DNA明明跟王族的DNA相符，這怎麼解釋呢？」

　　小嵐沉默片刻，說：「能知道烏莎努爾王室DNA資料的，只有賓羅伯伯，當日說我的DNA跟王族的DNA相符的，也是賓羅伯伯，我們回去找賓羅伯伯，我想他會給我們證實這個問題。」

第 19 章　萊爾首相的懺悔

回國會大廈時，一路上所有人都心情沉重。

賓羅先生已回到辦公室，他剛想打電話給小嵐問情況呢！見到他們回來，忙問怎麼樣。小嵐打開手提電腦，剛要讓賓羅先生看裏面的資料，想了想又說：「現在基本上可以肯定萊爾首相沒有參與犯罪，不如請他一塊過來看，或許他可以提供一些線索呢！」

「謹遵公主意見。」賓羅先生馬上到隔壁，把萊爾首相請了過來。

萊爾首相和賓羅先生看完郵箱裏的郵件後，都不禁瞠目結舌，萊爾首相更是情緒激動：「我可憐的母親，您為什麼要這樣做呀，您會令我內疚一輩子的！」

賓羅先生對提到擄走源允兒子一段，也感到十分驚訝，並且再次告訴大家，小嵐的DNA化驗結果，的確與霍雷爾王族的DNA相符。

這時萊爾首相長歎一聲，說：「這個謎由我來解開吧！」

「您？」賓羅先生看着他。

萊爾首相轉頭看着小嵐，說：「小嵐小姐，我對不

起你。」

　　大家聽到萊爾首相改了稱呼，意識到將會發生什麼事，都愣住了。

　　萊爾首相繼續説：「在委託香港化驗所化驗源允王子的遺骸後，因為事關重大，我設法安排了一名特工進入化驗所，監察驗證整個過程。這點連賓羅先生也不知道。而很巧的是，後來曉星將沾有他和小嵐小姐唾液的飲料瓶子交給了這名特工，讓他幫忙化驗。之前馬仲元夫婦曾委託該所替小嵐化驗DNA，所以雖然曉星沒說出那是誰的DNA樣本，那特工經查核還是知道了其中一種是小嵐的DNA樣本。那機靈的年輕人把這事向我作了匯報。當時我剛好接到消息，那號稱源允兒子的人的DNA測試與霍雷爾王族並不吻合，正不知如何是好。當收到特工報告時，我便情急生智，決定讓小嵐以公主身分來烏莎努爾，一是可以暫時穩定民心和各派政治勢力，二來，我想給小嵐一個能自由出入宮廷的機會，讓她的偵探天分發揮極至，從而早日查出伍拉特國王滅門慘案真相。所以我讓那特工將小嵐的化驗結果換上了烏莎努爾王族的DNA數據，令賓羅先生把小嵐當成源允女兒，帶回國……」

　　「啊！」大家之前雖然都有了點心理準備，但仍為

萊爾首相説的話感到震驚。

賓羅先生生氣地説：「首相大人，您太過分了，怎麼可以這樣去對待一個小女孩！」

曉晴也喊了起來：「是呀，首相大人，您太過分了！」

曉星也不滿地瞪着萊爾首相：「首相伯伯，這回您真是開了個國際大玩笑了！」

萊爾首相説：「我當時都亂了方寸，事後也一直後悔不已。唉，小嵐小姐，對不起，真的對不起！」

沒想到小嵐倒笑了起來：「不要緊，不要緊！其實這事我也有點心理準備了。我倒要感謝萊爾首相，給了我一段難忘的經歷。我近來正愁想不到好的寫作題材呢，現在這段經歷夠我寫一本精彩的小説了！」

曉晴訝異地看着小嵐，懷疑地問：「小嵐，你不是説真心話吧！你再也不是公主了，不是一個有着三千億財產的國王了，你真的不在乎嗎？」

小嵐説：「我什麼時候講過假話？從一開始我就不喜歡當什麼公主，什麼國王，當個自由自在的小作家不更好嗎？」

萊爾首相大喜：「小嵐小姐，你真的不怪我？」

「算了，您也是為烏莎努爾考慮！」小嵐又問，

「我還有事問您，您是不是和吳月英串通好了，讓她作假證的。」

萊爾首相羞愧地說：「是呀！當我知道馬仲元夫婦替你驗DNA，知道肯定事出有因，便火速派人去查，知道你是他們在西安領養的孩子，還知道了江邊棄嬰的事……剛好吳月英又住在西安，許多巧合，我就給了一筆錢給吳月英，讓她說了假話……」

曉星氣哼哼地說：「伯伯，那您就太不對了，自己說謊，還教人家說謊！」

一直沉默不語的萬卡也說了一句：「父親，您怎麼可以這樣呢！」

萊爾首相這時面紅耳赤，真的無地自容。

豁達的小嵐早已想到別的事了，她說：「那現在還有一個謎沒解開：那被擄走的小王子究竟上哪去了呢？如果能找到他，那烏莎努爾就有希望了，我這個假公主也可以光榮引退了。」

萊爾首相說：「我派人找吳月英作假證時，她也曾講了孩子小時候被人拐走一事，她說是坐火車從皇角去西安時，半夜裏被人偷偷抱走的，事後警察把火車翻了個底朝天，都沒找到，極可能是偷孩子的人在半途跳下火車了。」

萊爾首相説：「現在惟一的線索就是我母親，我們去找找她，我想她可能會提供一點線索。」

　　一行人又匆匆去到小樓。

　　打開房門時，盧雅還瑟縮在角落裏發抖，嘴裏不住地叫着：「對不起！對不起！」

　　萊爾首相眼淚奪眶而出：「母親，您別怕，孩兒來了，孩兒來了！」

　　盧雅好像認得萊爾，一把抓住了他的手，這時萬卡也走了過去：「奶奶，我們有些事問您……」

　　「啊！潘森！」誰知盧雅一見萬卡就喊得更淒厲，「對不起，潘森，對不起，潘森……」

　　「潘森？」大家你看看我看看你，不知道潘森是誰，更不知道盧雅為什麼會叫萬卡做潘森。

　　「我想起來了！」萊爾首相突然叫起來，「我曾經聽爸爸説過潘森這個名字，那是第十八代國王梅里達，即源允王子父親的昵稱，我爸爸跟他從小玩到大，所以有時也這樣叫他。」

　　賓羅先生説：「既然你爸爸這樣叫他，那你媽媽也一定會這樣叫他的了。現在她指着萬卡叫潘森……」

　　曉晴插了一句：「莫非，她把萬卡誤作潘森？」

　　曉星忽然騰地站了起來，他雙眼發直地望着萬卡，

小嵐拍了拍他：「喂，你看什麼？」

曉星沒回答小嵐的話，他眼睛仍盯着萬卡：「小嵐姐姐，上次我跟你在皇家繡像館時，不是說那十八代國王如果沒了鬍子就像一個人嗎？我知道他像誰了⋯⋯」

曉晴追問道：「誰？像誰？」

曉星激動地用手指着萬卡：「像萬卡哥哥！真的，像萬卡哥哥！」

「啊！」所有人的目光「唰」一下，全落到萬卡身上。

接下來發生的事極富戲劇性，莫名其妙的萬卡被硬拉去做了DNA檢驗，幾天後的結果令人大吃一驚，萬卡身上流着真正的霍雷爾王族的血。萬卡竟然就是當年被擄走的源允的兒子！

因為盧雅自那天起就一直沒有清醒過，又因為提及的所有涉案人都無法找到，所以萬卡是怎樣被送到孤兒院，那就只能永遠是一個謎了。至於他又那麼巧被萊爾首相從孤兒院中領養回家，有人說，這是上天冥冥之中的安排呢！

第20章　九千九百九十九朵玫瑰

這天，烏莎努爾公國發生了三件轟轟烈烈的大事。

第一件大事：真正的霍雷爾王族後人——萬卡正式加冕登位，成為第十九代國王。

第二件大事：新國王隆重授予馬小嵐公主封號，獎勵她為烏莎努爾作出的卓越貢獻；

第三件大事：新國王萬卡送上九千九百九十九朵紅玫瑰，向小嵐公主示愛。

當天晚上，萬卡國王在御花園裏約見小嵐公主。

「小嵐，你收到我的花了嗎？」

「收到了！哼，你做的好事，那滿屋子的花弄得我打了一下午噴嚏……」

「噢，對不起！我以後就少送一點。其實……其實我很早就喜歡你了，只是不敢跟你說。」

「現在怎麼又敢說啦？」

「我害怕現在不說就再沒有機會了。」

「我還沒做好心理準備。我習慣了自由自在的生活。」

「那不要緊，我可以等！為了紀念今天這個偉大的

日子，我想送你一樣禮物。」

「哦，一隻藍寶石戒指？就像一彎藍色的月亮，真漂亮！我戴戴看，只是戴戴看。唔，我不習慣戴戒指，戴上挺不舒服的，還是還給你吧！哎喲，怎麼脫不掉？萬卡，快幫幫忙！噢，好痛，好痛！」

「看來沒辦法脫下來了，連上天都要你當這個王妃。」

「什麼？！」

「這隻戒指名叫『藍月亮』，是我祖上傳下來的一件無價之寶，交由每一代王妃繼承。」

「哦，原來你早有預謀！哼！！」

「哎呀！好痛！你幹嗎踩我一腳！」

「好事成雙，再來一腳……」

新國王嚇得落荒而逃……

第二天一早，當侍女捧着國王送給公主的九十九枝玫瑰，走進馬小嵐房間時，發現房內空無一人，連她的兩位好朋友曉晴和曉星也不見蹤影。

梳妝台上留下一張字條。

萬卡：

我尋找我的親生父母去了。

至於你希望的事……再說吧！

小嵐